博多豚骨拉麵團

HAKATA TONKOTSU RAMENS

3

開球儀式

「我是這麼跟委託人說的：『酬勞收五百就好。』不是五百萬，是五百圓。」

林憲明穿著鞋子踏入目標的房間，用輕蔑的眼神盯著男人。

「僅僅五百圓。你們這些人渣的命只值這點錢，懂了吧？」

男人難掩困惑之色。「啊？呃，咦？妳是誰？」

「殺手。」

林簡潔地回答，拿出慣用的武器——中國式匕首槍，握柄相當合手。好，工作時間到了。為了封住對手的行動，林先割斷男人的腳筋。男人發出慘叫聲，倒在地板上。

「你們真是爛到無藥可救。囚禁女客人輪姦？聽說你們還把過程錄下來，威脅對方『如果報警就要把影片傳到網路上』？」

被害的女大學生只不過是在餐飲店裡吃飯而已，卻被一群男店員騷擾；這幫人不顧仍在營業時間內，便關上店門、放下窗簾，更教人難以置信的是居然輪姦客人。這種行徑根本禽獸不如。

林俯視男人啐道：「看到你們這種人渣，我就想吐。」

被害人經歷了地獄，卻不敢報警。即使犯人被捕，他們總有一天會出獄。被害人害怕被報復，只能暗自飲泣。

說不定那群人會以影片要脅，逼自己再受一次同樣的罪。蹂躪自己的人現在仍在附近逍遙自在地過活——被害人無法承受這種狀況，精神出了問題，連一步也不敢走出家門。見到女兒這副模樣，心痛不已的父親忍無可忍，因而提出這個委託。

「被害人的父親哭著求我，說多少錢他都肯付，要我把你們這些人渣全都殺了。」

被害人家屬的心情，林感同身受，因為他的妹妹也有相似遭遇。因此，當仲介介紹這個工作給林時，林一口就答應了，並主動表示，願以一人五百圓的代價收拾這些人。

「要是你們被警察抓了以後判處死刑，那就省事多了。」林把臉湊近跌坐在地的男人，繼續說道：「可是，就算把你們關進牢裡，頂多關個幾年就出來了對吧？等你們出獄後，又會幹同樣的勾當。和心理變態一樣，你們這種人就是有病，還是死在這裡對社會比較好。」

林拿著刀子在男人眼前晃來晃去，男人臉色發青，微微地搖頭。

「不、不要，放過我吧——」

誰會放過你啊？白痴。

「別作夢了。她求你們『放過我』的時候，你們有放過她嗎？」

聽了林的話語，男人的臉龐逐漸扭曲，眼淚隨時就要掉下來。

活該。林的嘴角上揚。「道理是一樣的。」

犯人是打工店員，共計三人。眼前這個人是負責錄影的，錄下的影片檔藏在家中——林已經透過情報販子查出這些資訊。

「欸，渣男，影片檔在哪裡？」

審問開始。男人很快就會開口的，因為林已經事先向專業的拷問師討教了拷問方法。

在林打算打斷另一條腿時，男人招出了藏匿影片檔的地點。比想像中簡單許多。

光是這樣，還不足以發洩林的憤懣，因此林用針刺男人的指甲縫、削下側腹的皮膚，最後拿菜刀閹了男人，並用男人的攝影機錄下整個過程，將影片檔交給被害人的父親。之後，林又以同樣手法整治了其餘兩名共犯。

這是一份不划算的工作，日薪只有一千五百圓，但林心滿意足。他踩著輕快的腳步穿過JR博多站的筑紫口，沿著平時的路線回家。

從博多站步行十分鐘後，商業矮樓三樓窗戶上的「馬場偵探事務所」這幾個字便映入眼簾。

林一打開事務所的門——

「呀，小林，歡迎回來～」

同居人——馬場善治的聲音便接著傳來。他的語調十分悠哉，完全不適合迎接剛殺死三個人的男人，令林的緊張感全沒了。

林充耳不聞，走進事務所裡。此時，又飛來一句：「『我回來了』呢？學校沒教過你要好好打招呼麼？」

「沒有。」

林根本沒上過幾天學。

「你跑到哪兒去啦？穿著那麼短的裙子，鬼混到早上才回來。該不會是跑去啥奇怪的店玩了唄？」

「……你很囉唆耶，你是我媽媽？」林嘆了口氣，予以否認：「我不是跑去玩，是去工作，工作！」

馬場攤開報紙。那是西日本的地方報，「違法酒店大舉發」的標題映入眼簾。他說的奇怪的店是指這個？

除此之外，還有「博多灣發現毒殺屍體　疑為組織犯案」、「冒充電話詐騙　福岡多人受害」、「郵購公司上百萬筆顧客個資外洩　派遣員工被捕」等怵目驚心的標題躍然紙上，林不禁感嘆，這個社會上的刑案真是層出不窮。哎，殺手沒資格說這種話就是了——林如此自嘲。

他坐在沙發上，打開電視。正好是體育新聞的時間。

『上個球季創下六十五支全壘打紀錄，榮登職棒史上第一的卡布雷拉選手，在本季也締造了直逼上季的佳績。』

主播有些興奮地說道：

『在昨晚的比賽中，他打出兩發全壘打，目前以六十五支全壘打數位居兩聯盟之冠，已經追平自己去年的紀錄。』

電視中的解說員也異口同聲地讚譽選手。

「六十五支，好厲害呀。」馬場發出感嘆。接著，他突然把報紙折好站起來說：

「我也不能輸。我去一趟打擊場。」

「你跟人家較什麼勁啊……」

林嘆一口氣。也不想想自己只是個業餘棒球選手。

馬場慌慌張張地做好準備，打開門說：

「我出門了～」

林對扛著球棒袋的背影說：

「啊，對了，衛生紙快用完了，順便買一些回來。」

馬場回一句：「『路上小心』呢？」但林充耳不聞。

一局上

——猿渡俊助。

加入強校棒球隊已有兩個月。當一年級生厭倦了每天盡是肌力訓練和撿球、開始在練習中偷懶時，新田巨也得知這個男人的存在。

猿渡是個不可思議的男人。

首先，練跑時他總要跑在最前頭，用短跑般的高速步調在外圈全力疾奔；練習揮棒或進行肌力訓練時，他都會自動做上規定次數的兩倍；撿球的時候，他撿得比任何人都多；他甚至還曾經撞開其他一年級生，搶接飛向那個人的球。

新田覺得他是個怪人。

幹嘛那麼拚命？大可以放輕鬆點啊——新田冷眼旁觀，從猿渡專注又不顧一切的模樣感受到一股莫名的焦慮。

猿渡八成是期待教練能夠注意到他吧。我這麼認真練習、這麼有幹勁，請讓我上場——他用全身提出這番訴求。真是個蠢蛋，根本沒人在看他。

新田是這麼想的，但事實似乎並非如此。幾天後，新田才知道猿渡只是生性好強而已。

那一天，一年級生總算獲准參加比賽。雖說是比賽，其實只是二年級生對一年級生的紅白對抗賽而已，採一賽三局制，隊員按照教練點名的順序就守備位置。這場比賽的目的之一，即是鑑定一年級生的實力。雖然站上打擊區的次數和守備機會都不多，但必須在這短暫的時間內留下成績，獲得教練的肯定。

『下一個，新田。』第二場比賽中，新田被點了名。『當捕手。』

國小和國中時代，新田一直是擔任補手。他簡短地回應，立即穿戴護具。

接著被點名的是那個男人。

『——猿渡。』教練對隊列邊緣的一年級生說道：『你投投看。』

那個叫猿渡的男人原來是投手啊？沒想到他居然會成為自己的頭一個搭檔，命運真是奇妙。

由敵隊先攻。新田走向用腳抹勻投手丘的猿渡，向他確認球路與暗號。

『咱只投直球。』

猿渡宣告。他的口吻帶有一種莫名的自信：不是不會投其他種類的球，而是不願投。新田越發覺得這人不可思議了。如果他會投其他種類的球，此時露一手不是更容易獲得教練青睞嗎？新田如此說服猿渡，但猿渡堅持只投直球。

更讓人驚訝的是，猿渡用的是低肩投法。

練投時，新田試接了幾球，發現猿渡的直球相當犀利，感覺起來比實際的球速更快。猿渡抬起左腳，一面下踩一面往前跨步，身體傾斜，擺動手臂，從緊挨著地面的位置投出球。用這種罕見的姿勢投出的快速球，很難拿捏打擊的時機。

第一棒打者進入打擊區，比賽開始了。

對手是二年級的學長，而我方是每天撿球、根本沒有充分練習過的新進隊員臨時組成的烏合之眾，結果打從一開始就分曉了。實際上，比賽確實是打得亂七八糟，失誤、失誤，再失誤。三壘手讓球穿過胯下，游擊手傳球失誤，右外野手接到界外高飛球之後又掉球；至於投手猿渡，更是壞球連發，轉眼間就丟了六分，光是一局裡，新田便上了投手丘三次。

看來這會是個很長的守備戰——新田已做好心理準備，沒想到猿渡倒吃甘蔗，控球越來越穩，逐漸發揮原本的優勢；到了第三局，甚至連續三振三名中心打者。

然而，兩隊的實力依然有著天壤之別，反擊僅有新田的陽春全壘打得來的一分，結果以九比一大敗收場。

新田一面下場一面暗想：『哎，也就這樣了。』輸球是早就可以預見的結果，所以他並不懊惱。現在輸球是正確的。這場比賽的用意，原本就是為了挫挫從各地知名業餘球隊聚集而來的狂妄一年級生的銳氣，可說是一種通過儀式。讓新生在此時體驗挫折的滋味，上緊發條，才是這場比賽真正的目的。所以，只要今後多加油就行了——新田是這麼想的。

——然而，猿渡不同。

球場上，下一場比賽開始了，已經上過場的新田前往洗手台，打算洗把臉。

他在那裡看見猿渡。

只見猿渡大聲怒吼：『混蛋！』下一瞬間，用低肩投法把手套扔向校舍牆壁。他全身散發出一股無法壓抑的懊惱。看來這個男人的好勝心非常強烈。

『你在做什麼？』

新田問，猿渡猛然回過頭來，一瞬間驚訝地睜大眼睛，隨即又狠狠瞪了新田一眼。

他的臉龐因為日曬與懊惱而一片通紅。

新田悄悄朝著被他扔出去的手套伸出了手。那是國內廠商製造的手套，似乎使用已久，被汗水弄得濕答答的，並且沾滿白沙。

『要好好愛惜球具。』

小學時參加的少棒隊教練常這麼說。球具是身體的一部分，不愛惜球具的人沒資格打棒球。新田覺得教練說得很對。拿球具砸牆壁實在太過分。

新田撿起手套，遞給猿渡。『拿去，好好愛惜它。』

『……你是誰哪？』猿渡齜牙咧嘴。他說話有種獨特的腔調。『煩死了。』

喂喂，幫你撿手套，你連聲謝謝也沒有啊？新田不禁苦笑。

雖然對方的態度令新田難以釋懷，但他還是決定說些安慰的話語。鼓舞投手也是捕手的工作。

『今天的比賽輸了也是無可奈何。我們最近根本沒握球，比賽敏銳度變差了，守備也亂七八糟。我覺得你投得還不錯。』

『無可奈何？』猿渡用更加銳利的目光瞪著新田。『你剛才說無可奈何？』

自己說錯話了嗎？新田歪頭納悶，猿渡氣呼呼地繼續說道：

『天底下沒有無可奈何的比賽。咱將來要進軍職棒，成為日本第一的投手，怎麼可以輸給區區高中生！』

原來如此，這就是他今天只投直球的理由啊。面對區區高中生，如果無法光靠直球輕鬆壓制，以後要怎麼進軍職棒？想必這是他對自己所做的要求。

進軍職棒——這是所有隊員描繪的夢想。然而，渴望進軍職棒，心底深處卻又悲觀地認為或許做不到的也大有人在。別說進軍職棒，就連打進甲子園都有困難。新田也有這種感覺，所以有點羨慕這個能臉不紅、氣不喘地談論夢想的男人。

『今天是咱不好，不該讓對手打出滾地球。如果咱能夠三振掉所有打者，咱們就贏了。』

聽完他的反省之言，新田大吃一驚。

一個人三振所有打者？那是絕不可能的。棒球不是單人運動，這人以為野手是為了什麼而存在？

可是，猿渡卻說得一本正經。他是認真的。這個男人——簡直是亂七八糟。

同時，新田又覺得他是個有趣的傢伙。

『……哈哈，哈哈哈！』

新田忍不住笑出聲。太好笑了，真有意思。新田捧腹大笑，這種蠢蛋他是頭一次見識到。

『啊？』猿渡一臉憤怒。『有什麼好笑的？』

『沒有，沒什麼好笑的。哈哈哈！』

『你瞧不起咱是吧！』

新田搖手否定。

『不是、不是，我只是很羨慕你。』

『……啊？』

『哎呀，你真是太棒了。』

新田笑過頭，眼淚都流出來了。

『不過，有一件事我要事先聲明。』新田一面用指尖擦拭眼角一面說道：『如果捕手沒接住球，可是拿不到三振的。』

無論猿渡投出再快的直球或再刁鑽的變化球，沒有人接球，就無法讓打者出局。沒有任何球都能穩穩接住的捕手，寶貴的三振也會變成不死三振。

『你要相信隊友，至少要相信我這個搭檔啊。』

聽了新田一番話，猿渡一臉不快地咂一下舌頭。『……囉唆！』

真是個有趣的傢伙。和這個男人搭檔，或許能夠更上一層樓。無論是甲子園，或是更高的目標——新田甚至有這種感覺。猿渡身上有這樣的氛圍。

『——欸，猿仔。』

新田態度親暱地呼喚猿渡，令猿渡皺起眉頭。

『猿仔是什麼意思哪？』

『就是……』新田指著對方臉龐。『你講話一直咱咱咱的，所以叫你猿仔。』

『啊？別這樣叫咱！』

然而，新田並未改口。

『下次我們一定要贏，猿仔。』

猿渡瞥了新田一眼，用鼻子哼了一聲。

一局下

藍色的國產轎車疾馳於國道三號線上。新田駕駛的車，正一帆風順地朝著目的地前進。

坐在副駕駛座上的是猿渡。他是新田的高中同學，也是同個棒球隊的隊友。雖然個子比當年高了些，頭髮也長了些，但是一臉無聊地望著車窗外風景的側臉，仍然留有當年的影子。

這兩人在高中時代分別是投手與捕手，而在幾個禮拜前，他們又以殺手與顧問的身分搭檔工作。新田感慨地暗想，命運真是奇妙啊。

新田他們正要去和客戶見面，與對猿渡感興趣的組織商談具體的合作條件。對方指定的地點是福岡市中央區的公園。

「你可千萬別得罪對方。」

為了趕上約定時間，新田一面疾駛一面說明工作內容，但猿渡毫無反應。打從剛才開始，他就一直心不在焉。

「——欸，猿仔。」

新田踩下剎車，用更大的音量呼喚猿渡的名字。趁著等紅燈時，他把臉轉向猿渡。

「你有在聽我說話嗎？」

「完全沒有。」猿渡依然望著窗外，毫無反省之色。

「真是的。」

新田嘆一口氣。又得從頭開始說明。

「發什麼呆啊？你鐵定又在想上次那場比賽的事吧？」

猿渡沒有回答，看來是說中了。

新田他們加入某個以北九州為據點的業餘棒球隊，守備位置和高中時代一樣，新田是捕手，猿渡是投手。

上個禮拜，球隊參加福岡縣的大賽，第一回合戰的對手是一支名叫博多豚骨拉麵團的福岡市球隊。比賽在守備堅強與打擊火力不振的雙重作用下，意外發展為投手戰。然而，到了尾聲，均衡崩盤了。八局下，比數零比零，猿渡被拉麵團的第三棒打者打出先發制人的陽春全壘打。他全力投出的直球被對手大棒一揮，打到看台上。那是一發強力的平飛全壘打。

「我知道你很不甘心，但是後來我們逆轉啦，這樣不就好了？而且最後我們也贏得比賽。」

可是，這番鼓勵的話語對於這個男人毫無效果。

「一點也不好。」猿渡恨恨地說道。

後來，球隊靠著新田的全壘打逆轉，勉強贏得勝利，但猿渡的不滿爆發了。他的懊惱遠遠超乎平時，如果新田沒有制止他，他大概又會拿板凳或隊友出氣。

「……你認識那個二壘手？」

猿渡對於博多豚骨拉麵團那個名叫馬場善治的選手有種莫名的執著，他們從前八成有什麼恩怨，但是猿渡否認。

「不認識。」

少騙人了——新田暗想。「哎，不重要。」新田面露苦笑，把精神集中在駕駛上。

「——啊！」

在路口右轉後，猿渡突然出聲叫道。

「喂，停車。」

「咦？為什麼？」

「別問了，快停車。」

新田知道這個男人一旦打定主意，任誰說什麼都沒用，無可奈何之下，只好把車停在路肩。

「怎麼了？突然叫我停車。」

「有棒球打擊場。」

幾公尺前有家棒球打擊場，似乎也附帶投球區。

猿渡解開安全帶，打開車門。「咱去投幾球。」

「咦？不不，你在說什麼？」新田連忙抓著猿渡的手臂拉住他。「我們正要去談工作耶！沒時間去其他地方。」

「你自己去就好啦，之後再跟咱說就行了。」

「真是的。」

新田再次嘆氣。這個男人還是一樣任性，就算阻止他大概也沒用吧。

「欸，猿仔，你那麼在意被打出去的事嗎？瞧你執著成這樣。你和那個叫馬場的人，到底發生了什麼事？」

「什麼事也沒發生！」猿渡的口吻相當焦躁。看來是說中了，真明顯。這個男人還是老樣子，無論是對自己或別人都無法說謊。

新田再次對下了車的猿渡說道：

「你可別練過頭，把膝蓋弄壞啊。身體是殺手的本錢，要好好珍惜。」

猿渡用顯然不當一回事的口氣回答：「知道啦！」

林關上電視，躺在沙發上打算睡一覺，就在這時候，事務所門口突然傳來三次敲門聲，聲音聽起來含蓄又優雅。

好像有人來了。林懶洋洋地坐起身子，走向門口開了鎖、打開門，只見門外有個女人，身穿白色洋裝，右手拿著一把黑色洋傘。

「你好。」

女人露出柔和的微笑。

稀客上門——尤其馬場偵探事務所本來就鮮少有客人上門——讓林大吃一驚。

林目不轉睛地打量客人。女人的五官沒有什麼特別明顯的特徵，眼睛、鼻子和嘴唇都是不大也不小，但很漂亮，年齡大約在三十歲左右。林想起她叫「小百合」，是馬場的朋友，和林也有過數面之緣，業餘棒球賽時曾說上幾句話。

「……妳好。」林冷淡地打了個招呼。

據馬場所言，雖然小百合一副嫻雅端莊、連隻蟲子都不敢殺的模樣，但其實也是同行，而且是連華九會頭目王龍芳都能輕易解決掉的高手。

「善治在嗎？」

「善治？」哦，是馬場啊。「他出去了。」

一小時前，馬場說要去棒球打擊場而離開事務所。

「是嗎？」小百合喃喃說道，露出有些困擾的表情。

「哎，他應該很快就會回來了。」林用下巴指了指屋內。「要不要進來等？」

「方便嗎？」

「可以啊。」

「謝謝。」小百合微微一笑，笑起來的模樣也很美，令人不禁望而出神。

林請她入內坐下。

「只有烏龍茶而已。」

「不用費心。」

林把茶倒入杯子裡，輕輕遞給她。「請用。」

林認為通知一下本人比較好，便打了通電話給馬場。鈴聲持續作響，但馬場遲遲未接聽；過了片刻，便開始播放語音信箱的語音。林撥了好幾次，結果都一樣。

「啊，是我。」無可奈何之下，林只好在語音信箱裡留言。「有客人上門，你快點回來。」

贏了比賽，卻輸了對決。

大名鼎鼎的「殺手殺手」，仁和加武士，名為馬場善治的男人，豚骨拉麵團的二壘手。猿渡輸給了他，包含本行在內——雖然那場對決表面上是以「平手」收場——已經是二連敗。殊死戰輸給了對方，在比賽中還被打出全壘打。

一定是自己鍛鍊不足，不能再這樣下去。他必須超越過去的自己，否則贏不了那個男人。為了達成目標，唯有不斷練投一途。

猿渡造訪的棒球打擊場是個小巧的設施，只有五台老舊的機器，本壘與打擊區在綠色網子的分隔下並排著。

最邊緣有個與眾不同的區塊，就是猿渡來此的目的，投手用的九宮格。在十八點四四公尺前方，設置了一個寫有數字一到九的板子。這是一種瞄準板子投球的遊戲。

客人除了猿渡以外，只有一個男人。他正在旁邊的左右打通用打擊區裡，輕快地打擊球速一百二十公里的球。

看見那個客人的臉，猿渡大吃一驚。

「——啊！是你！」

他忍不住大叫。

是那個男人——仁和加武士，馬場善治。

「……唔？」馬場回過頭來，察覺到猿渡。「呀，暴投忍者。」

「誰是暴投忍者哪！你才是呆瓜臉！」

沒想到會在這種地方遇上他。

不過這樣正好，省去了找他的功夫。猿渡用下巴指了指外頭。「出來，咱要跟你清一清上次的帳。」

「上次的帳？」馬場把視線從猿渡移回發球機上。「……不用清了。」

馬場隨口敷衍，令猿渡大為惱火。「啊？你說什麼？」

「抱歉，現在是私人時間，別打擾我。」

馬場只顧著打擊，對猿渡毫無興趣。見他這種態度，猿渡一股火又冒上來。混蛋——猿渡咂了下舌頭。居然完全沒把人放在眼裡，這個王八蛋。

咻！球從機器中飛出來，馬場揮棒，把球打回去。他似乎沒打中球心，響起不太清脆的擊球聲。

「哈！」見狀，猿渡發出嘲笑聲。「打偏了。」

馬場一瞬間沉下臉看了猿渡一眼，隨即又移回視線，等待下一球。他再度揮棒，這回依然沒打好，球疲軟無力地沿地滾動。

猿渡又故意以對方聽得見的音量喃喃自語：

「軟弱的游擊方向滾地球，雙殺。」

「……吵死了。」

這回馬場似乎無法置之不理，皺起眉頭回嘴。

挖苦成功讓猿渡的心情變得舒暢許多。他哼了一聲，把一百圓硬幣投入九宮格機器之中。

猿渡握住球，筆直凝視寫著數字一到九的板子，集中精神，做出投球動作。他抬起腳來，往前跨出一大步，擺動手臂，放開了球。感覺還不壞。

投出的球偏向右方，通過板子旁，擊中後方的牆壁。

「暴投。」隔壁傳來這道聲音。馬場把球棒扛在肩上，面露賊笑。「連板子的邊都沒搆著。」

這回輪到猿渡沉下臉。「咱又沒有瞄準那塊板子。」

「咦？真的麼？」

「咱是在練習變化球！」

「少來了，別找藉口啦。」

混蛋。猿渡咂了下舌頭，簡直把人瞧扁了。

「既然你這麼說，咱就投給你看。」

「哦？要投幾號？」馬場挑了挑眉，聲音顯得樂不可支。

猿渡握住球。

「七號。」

他宣布目標。那是對右打者而言外角偏低的位置。

第一球用力過猛，成了大暴投，球通過板子的正上方。

緊接著投出第二球，這次軌道太低。

猿渡繼續投球，但是沒有進入好球帶。下一球終於擊中了，可是擊中的是框。只聽見「叩」一聲，球彈了回來。

「四壞球。」馬場喃喃說道。

——混蛋，咱一定要宰了他。

「……五號。」

猿渡把目標改為正中央，再次投球。他一投再投，可是一球也沒中。

見狀，馬場噗哧笑了出來。「好，滿壘擠回一分～」

真是個令人火大的男人。

「吵死了！小心咱宰了你！」

「……那傢伙真慢。」

林瞥了牆上的時鐘一眼，喃喃說道。

已經過了三十分鐘，馬場仍未歸來。客人還在等候，饒是林也不禁開始焦躁。

小百合似乎不在乎時間，坐在會客沙發上閱讀文庫本。

林決定再打一次電話給馬場，但依然打不通，又轉進語音信箱。

「你到底跑去哪裡？我不是叫你快點回來嗎？」林在語音信箱裡再次留言。「啊，還有別忘記買衛生紙！」

林掛斷電話，嘆了口氣。

「你們住在一起？」

小百合突然開口說道。她從書本中抬起臉來，凝視著林。

「……咦？嗯。哎，我只是借住而已。」

「你是善治的情人？」

「怎麼可能！」

林用強烈的口吻否定。小百合嗤嗤地笑了，似乎只是在調侃而已。林聳了聳肩，在她的對面坐下。

「聽說妳以前是他的女朋友？」這回輪到林發問。他記得情報販子榎田之前曾經這麼說過。

「對。」說來意外，她很乾脆地承認。「已經是過去的事了。」

她一臉懷念地瞇起眼睛，繼續說道：

「有人委託我殺掉善治，所以我就裝出一無所知的模樣接近他。」

成為情侶，好讓對方放鬆警戒？從外表看不出來，沒想到她是這麼精明的女人。但若非如此，大概也當不成殺手吧。

「他現在雖然變得穩重許多，但從前是個浪蕩子，風流成性、花天酒地，要接近他很簡單。呵呵～」

小百合露出淘氣的笑容。

「真的假的？」林也變得興致勃勃。這個故事挺有意思的。

那個男人風流成性？是個浪蕩子？花天酒地？那個邋裡邋遢、毫不注重外貌的馬場？林完全無法想像。

就在林探出身子，打算詢問細節的瞬間，事務所的門開了。

「我回來了～」

是馬場的聲音。說曹操，曹操就到。

「……總算回來了。」林抬起腰，走向門口。

「『歡迎回來』呢？」

「別說這個了，你未免太晚回來了吧，我打了好幾次電話耶。」

「抱歉、抱歉，出了一點狀況。」

仔細一看，馬場是空手而歸，雖然背著球棒袋，雙手卻空空如也。

「……衛生紙呢？」

聽了林的問題，馬場猛然醒悟。「呀，我忘了。」

「你在搞什麼鬼啊！」虧他叮嚀那麼多次。「真是個沒用的傢伙！」

「我人到打擊場的時候還記得的。」即使挨林的罵，馬場依然嘻皮笑臉。

林大大地嘆一口氣。

「哦，對了。」林這才想起來地說道：「有客人在等你。」

林用下巴指了指沙發。

馬場的視線移向會客區裡的女人。「呀，小百合，妳來了？」

「是你叫我來的啊。」

「抱歉、抱歉。」

「哎，算了。趁這個機會和那孩子聊聊天也不錯。」小百合對林使了個眼色，塗著淺褐色口紅的嘴唇彎成平緩的弧形。

「呃！」馬場的臉色變了。「小百合，妳沒說啥不該說的話唄？」

「我們剛才正要聊到不該說的話。」林癟起嘴。

「善治。」小百合從包包裡拿出一份檔案交給馬場。「給你，這是說好的東西。」

馬場在小百合對面坐下，確認內容。「不愧是小百合。」他讚嘆道。

「那是什麼？」林從旁窺探檔案。

「華九會的成員名簿。」回答的是小百合。

「華九會的？」

華九會是以福岡為據點的新興跨國黑道集團，林從前也受僱於他們。

「我拜託小百合替我偷來的，趁著暗殺會長的時候順手牽羊。」

「偷這個做什麼？」

馬場一本正經地回答：「瓦解華九會。」

北京某大廈的某個高樓戶，客廳正中央鋪著大大的波斯地毯，地毯上擺放著黑皮革沙發，四方的白色牆壁上掛著好幾幅畫。這麼一提，這個男人的嗜好是收集美術品。事前收到的目標相關資料上是這麼記載的。

趙進屋時，男人正捧著酒杯在看電視。電視同樣很大，兩側設置揚聲器，更加強化影像的魄力，活像電影院一樣。

這個為了嗜好不惜斥資重金的屋主，是管理犯罪組織「獸王」北京分部的男人，名叫黃富健，五十歲，一襲淡紫色浴袍裹著肚子外凸的鬆垮身體。起先他還傲慢地大呼小叫，挨了幾拳之後就安分下來。趙一亮出刀子威脅，他便乖乖地舉手投降。

聽說「獸王」的總部在香港，主要的資金來源是藥物，表面上是藥廠，成立了好幾間可疑的公司和設施研發新藥，然而，實際上研發的是鑽法規漏洞的新型毒品、毒藥、自白劑與戰爭、恐攻用的病毒等危險物品。過去，他們的活動範圍僅限於中國國內，但最近似乎擴大到澳門、首爾甚至日本等地，急著削弱他們勢力的敵對組織不在少數。身為自由殺手的趙，也是受這類敵對組織的委託而來。
委託事項有二，一是殺了黃，二是拿到他手上的新型病毒樣品。
「你叫什麼名字？」趙盯著男人問道。這是為了慎重起見而做的確認。
「……黃、黃富健。」
男人結結巴巴地回答。
「你們製造的病毒在哪裡？」
趙開門見山地問道。黃沒有說話，但是瞥了深處的牆壁一眼。
「──原來如此，在那裡啊？」趙面露賊笑，點了點頭。
視線前端是牆上的一幅畫。趙把畫拿下，嵌入牆壁的金庫現出身影──找到了。原來病毒就在裡頭？只要知道藏匿地點，就用不著這個男人。
見趙揮動刀子，黃慌了手腳。
「等、等等，別殺我！」
「你是白痴嗎？」趙嘆一口氣。「我可是職業殺手，殺人是我的工作。」
黃的視線游移，說道：「……你、你不是想要病毒嗎？那個金庫只有我能打開。只要你答應不殺我，我就把裡頭的東西交給你。」
「只有你能打開，是吧……」

趙仔細觀察金庫。門很堅固，並非轉盤式，也不是按鍵式，更沒有鑰匙插孔，只有掃描器和小型鏡頭。照這樣看來，八成是採用活體辨識系統，需要的是指紋和視網膜。

「就算你死了也不成問題，只要有手指和眼球就夠了。」

「等、等等！」黃臉色大變地叫道：「要是殺死我就打不開了！」

「……有完沒完啊？吵死了。」

「那個金庫除了指紋和視網膜以外，還有聲紋辨識。」黃指著金庫。「如果我沒有對著麥克風說出名字，鎖就不會打開。」

「那就沒問題了。」

趙說道，從懷中取出一個小機器。是錄音機。他稍微倒帶後，按下播放鍵。

『你叫什麼名字？』

『……黃、黃富健。』

聽見被錄下的對話，黃愕然瞪大眼睛。他的反應正中趙的下懷。

「看吧？就算你死了也不成問題。」

趙重新握住武器。那是名叫柳葉刀的中國刀，刀刃是彎曲的。他使勁揮落刀子，砍下黃的頭顱。

屍體軟倒在地板上，血從切口噴出，染紅昂貴的地毯。被砍下的頭顱一路滾動，撞上牆壁才停下來；眼睛和嘴巴張得老大，死相非常難看。

趙撿起頭顱，放到金庫的鏡頭前。視網膜之後是指紋，他從黃的屍體砍下手指，在掃描器上捺印。最後是聲紋辨識，他對著麥克風播放黃的錄音。金庫完全被騙了，在『辨識完畢，確認為本人。』的語音過後，響起喀嚓聲。鎖似乎開了。

「真蠢。」趙嘲笑道。

金庫裡有兩個小盒子，分別裝著幾根針筒與裝有液體的容器，一個是病毒，另一個是抗病毒劑。趙必須連著盒子交給委託人，但是他擅自偷走了一根針筒。少個一根應該不會被發現吧。他的手腳天生就不乾淨。

黃身上穿戴的高檔貨，趙也順便借用了。他奪走骨節分明的手指上戴著的大寶石戒指。那是底座上刻有獸紋的獸王幹部信物，當作戰利品再合適不過。

差不多該走了吧──就在趙如此暗想時，有人打電話來。是個姓楊的男人，他是趙的仲介。

趙按下通話鍵。

「怎麼了？楊。」

趙詢問，楊立刻切入正題。『好消息，老兄。』

好消息──聽見這句話，趙聯想到的只有一件事。

「……找到那傢伙的下落了嗎？」

楊除了媒合工作以外，還幫趙追查某個男人的下落。

『還沒，不過我找到當時經手那個男人的仲介。他已經金盆洗手，現在好像和家人住在釜山。』

去找那個仲介談談，或許能得到什麼有益的情報。終於抓到那個男人的尾巴了，趙雀躍不已。

『老兄，你現在人在哪裡？』

「北京。」

『我在香港，打算搭明天的飛機前往釜山。』

是嗎？趙點了點頭。「那就當地見吧。」

二局上

『我去買包菸。』

說著，他下了車，一如平時。

所以，進來放鬆了戒心。

李仁壹打開後車門，下車往前走去，進來只是迷迷糊糊地望著他高大的背影。

那一天很冷，飄著雪花，是與塵埃相仿的細小綿雪，沒有積雪的跡象。仁壹冷得縮起脖子，雙手插在黑色大衣的口袋裡，走在停車場。

突然，仁壹停下腳步。原本昂首闊步的他愣在原地。

怎麼回事？進來暗自詫異。就在這時候——

一道槍聲響起。

接著，仁壹的身體猛烈擺盪。

子彈從他的胸口貫穿背部，鮮血宛若霧氣從身上多出的洞噴發而出。

進來瞪大眼睛，茫然望著這一幕。

他猛然回過神來。

『仁哥——』

進來呼喚仁壹的名字，但是並未成聲。

開槍射擊仁壹的是一個年輕男人，八成是敵對組織派來的殺手。男人跨上機車逃走的身影映入進來的視野邊緣，但他現在已顧不得那麼多。

被射中的仁壹身體緩緩傾斜，進來立即奔上前去，從後方支撐。心臟中槍，不斷溢出的鮮血逐漸染紅了西裝。仁壹的眼神宛如凝視著遠方，發青的嘴唇微微地顫抖。

進來六神無主，不知道該說什麼話來留住仁壹的意識。『拜託您，別死！』進來不斷呼喚仁壹的名字。

應該保護的主人在自己的眼前被射殺——面對這種令人難以接受的光景，進來方寸大亂。

雪花一片片落在積血上，慢慢融化。

『仁、仁哥——』

仁壹的身體在懷中逐漸變冷了。

右臉頰竄過一陣衝擊。

這一拳相當凶狠，進來的身體整個被打飛。毫不容情的制裁持續進行著。

『老大被殺了，自己卻毫髮無傷？你這條看門狗真夠稱職啊！進來。』

『……對不起。』

進來用手背擦拭鼻血，試圖站起來，但是側腹又被踹了一腳，他再次倒在病房的地板上。

『就算是條野狗，也知道謝罪的方式吧？』

說著，一個小弟扔了把短刀過來。

『別以為一根小指頭就能了事啊。』

——用不著你說，我也知道。

身為保鑣，最不願意碰上的就是目睹主人的死狀。視野邊緣映出主人的遺體，進來忍不住緊咬嘴唇。

要剁幾根指頭都沒問題，甚至賠上整隻右手都行。進來的手掌抵著地板，左手握住短刀。

正當他朝著手腕用力揮落刀子時，病房的門無預警地打開了。

進來停下動作，抬起視線。

站在眼前的是一名身穿西裝的修長男子。

一看見他，所有小弟便挺直腰桿，慌慌張張地低頭行禮。

『你們先出去吧。』

男人下令，眾人立即離開病房。

留在房裡的只剩進來和那個男人，以及躺在床上的主人遺體。病房變得格外安靜。

短暫的沉默過後——

『你認得我吧？』男人開口問道。

那還用說？當然認得。

他是李瑞希，李仁壹的弟弟。

『……是。』

進來臉龐低垂，點了點頭。他沒臉見對方。

男人瞥了遺體的面容一眼。

『我們長得不太像，對吧？因為我們是同父異母。』他面露苦笑。

這件事進來也知道。不過，他們兄弟的感情並不壞。仁壹常提起弟弟，說他們是相依為命的兩兄弟，看起來似乎很疼弟弟。

『……是我害死了您的哥哥。』進來的雙手和額頭都抵著地板。『我明明跟在身旁，卻……對不起！』

仁壹收留他，還給他保鑣兼司機這份好工作，救了無可救藥的他。

——我卻沒能報答他的恩情。

只剩這個方法能夠贖罪了。

進來抬起頭，再度握住刀子。

『——住手。』

銳利的聲音飛來。

『現在都什麼時代了，還在剁手指，也太落伍。』

瑞希啼笑皆非地聳了聳肩，拿走短刀。

『再說，這樣就不能開車了。』

『……開車？』

什麼意思？進來凝視著瑞希的臉龐。

那雙細長又明亮的眼睛微微地眯起來。

『這是頭一份工作。』

說著，瑞希扔了樣東西過來，進來反射性地用雙手接住。是車鑰匙。

『我聽哥哥說過，你是個優秀的男人，在這裡毀了你太可惜。』瑞希轉過身，走出房間。『我在下面等你。』

進來茫然了好一陣子。

他反芻李瑞希的話語。開車，工作，優秀的男人，聽哥哥說過——

——哥哥。

啊！他吐了口氣，冰冷的身軀逐漸發熱。

當他回過神時，發現自己在哭泣。

進來趴在長眠於病床的男人身上，放聲大哭。

——天底下怎麼會有這麼好的人？

進來把臉埋在他的胸膛，不斷哭泣。

二局下

「——進來。」

聽見呼喚自己的聲音，進來才回過神來。

不知幾時間，號誌已經轉為綠燈，他連忙踩下油門。

進來又想起那一天的事。五年前，失去主人的事件。那是段不愉快的回憶。進來皺起眉頭，輕輕抓了抓往上剃的後頸髮際。雖然置身於開著冷氣的車內，他握著方向盤的手卻微微冒汗。

「進來。」坐在後座的李瑞希再度呼喚他的名字。「我說的話你聽見了嗎？」

「當然。」進來點了點頭。「香菸，對吧？」

剛才，瑞希說他的菸抽完了。進來聽得一清二楚，所以才想起那天發生的事。

「前面有家超商，就去那裡買菸吧。」

面對進來的提議，瑞希嘆了口氣，點了點頭。「就這麼辦吧。」

進來把車停在超商的停車場，解開安全帶。「我去買，請您稍候。」

他沒等瑞希回答便下車，隨即從外鎖上車門。車身和車窗都有防彈功能，不過小心一點總是好的。確認周圍沒有可疑人物後，他快步走向超商，找尋瑞希愛抽的老牌子，告訴店員號碼，迅速買完菸。

進來回到車邊時，瑞希正看著窗外。

「讓您久等了，請用。」他坐進駕駛座，把菸遞給瑞希。

瑞希接過菸，從中抽出一根，點上火之後，進來才發動車子。他瞞著瑞希悄悄地吁了口氣，卻被發現了。後照鏡中映出的瑞希雙眼正瞪著他。

「進來。」瑞希呼喚的聲音顯得有些啼笑皆非。

「……請問有什麼吩咐？」

「別再這樣。」

進來還來不及問這句話是什麼意思，瑞希便繼續說道：

「每次買包菸都這樣殺氣騰騰的，我可受不了。」

進來無言以對，沉默了片刻。

他抓了抓頭之後才回答：「……有那麼明顯嗎？」

「有，非常明顯。」

李瑞希把視線轉向窗外，吞雲吐霧。

「……忘了我哥的事吧。」

這句話梗在進來的胸口，令他不禁皺起眉頭。

我也沒辦法啊——進來在心中反駁。這不是說忘就忘的事。不，是不能忘。這是進來給自己的警惕。

——當時不該讓主人自己去買菸的。

每次李瑞希想買菸時，進來就會想起之前主人的死。他們兩兄弟都是癮君子，真是造孽啊。

「……對了，上次說的那件事……」

瑞希再度開口。上次說的那件事——指的應該是叛徒的事吧。他們查出某個組員將組織的情報外流。

「我已經按照您的吩咐，把那個男人解決了。」在瑞希的命令下，進來拷問男人之後，把他關進毒氣室處刑，最後扔進博多灣。

如今，進來的工作已不僅止於司機和保鑣，和被稱為狗的當年不同。這五年來，他身為瑞希的部下，也參與了許多組織內部的事務。

「除了他以外，好像還有其他內賊。」

「可是，那個男人沒有招出同夥。」

「八成是因為彼此不認識吧。或許是受僱於不同的人。」

「我會立刻著手調查。」

「可疑的人全都殺掉。」

「……是。」

他從前不是會說這種話的人——進來苦澀地暗想。瑞希變了，變得和哥哥一點也不像。打從當上會長王龍芳的特助以來，他就不再展露笑容。

上上個禮拜，王龍芳被暗殺，頭目的位子空出來，無能的幹部們只顧著進行派系鬥爭。內鬥加上四處打探組織內情的老鼠，問題堆積如山。

大濠公園是位於福岡市中央區的縣營公園，幾乎是座落於福岡市的正中央，附近有福岡城遺址、競技場及美術館，是市民的休閒場所，每年似乎都會舉辦煙火大會。公園正中央有個巨大的池塘，其中有幾座以橋連結的小島，青年男女和親子乘坐的出租小船漂浮在池塘各處。

環繞池塘的水泥環園步道是長約兩公里的慢跑步道，身穿各色運動服的跑者們正在揮汗跑步。

今天，新田和某個男人約好了在這裡見面。

新田比約定時間還要早來一些，但是對方已經等著了，就在乘船處附近朝新田揮手。那是個留著小鬍子、戴著淺色墨鏡的男人，光看就十分可疑。

男人自稱東尼・劉，應該是香港人吧，日語非常流利。他和新田握完手以後，便坐上某艘天鵝船。那是腳踏式的雙人座天鵝船。

「被人聽見就不好了。」他如此說道，並催促新田上船。

租金是三十分鐘一千圓。兩個男人一起划船。

這個姓劉的男人，是以香港為總部的犯罪組織「獸王」的幹部。新田透過調查得知獸王靠著毒品生意賺了大錢，付起酬勞非常大方，但是行事極為謹慎，而且對待殺手的風評向來不佳，據說時常為了自保而犧牲僱用的殺手。

昨天，這個男人透過新田認識的大學生情報販子提出僱用猿渡的要求。

兩人緩緩踩動踏板，小船逐漸前進。划到了四下無人的地方後——

「我們正在考慮正式進軍日本。」劉立刻切入工作話題。

「所以要先從福岡起步？」不愧是亞洲門戶。

「因為地理位置比較近。」劉點了點頭。

調查結果顯示，獸王急著進軍日本似乎是有迫切的理由。中國國內早就存在許多販售藥物的組織，對於這些老牌組織而言，新來乍到的獸王極為礙眼。最近，獸王甚至被與中南美販毒集團有來往的巨大地下組織盯上，幹部也遭人暗殺，因此他們亟欲逃離國內，在日本安安心心地做生意。

「上個月，我們在六本松成立了福岡分部，也在博多碼頭附近買了倉庫，用來保管我們的商品。」

「似乎很順利啊。」

「目前還算順利。」劉的表情變得嚴肅起來。「……你聽過華九會這個組織嗎？以福岡為據點的跨國黑道集團。」

「嗯，當然。」新田點頭。

華九會——前些日子，新田旗下的殺手才剛槓上他們。

「華九會在福岡勢力龐大，之前一直沒有我們能介入的餘地，不過，最近他們的老大被暗殺，組織內變得一團亂。趁現在落井下石，或許能夠讓他們失勢。」

原來如此——新田點了點頭。他明白劉的目的了。利用殺手削弱敵人的戰力，鞏固自己的地位。

「聽說你的殺手殺掉了上百個華九會成員？」

「……嗯，是啊。」

新田語帶含糊地點了點頭，面露苦笑。雖然風聲是他自己放出去的，但是被加油添醋到這種地步，實在太過誇張。

劉滿意地點頭，把檔案夾遞給新田。裡頭夾著兩個男人的資料。

「金炳熙和宇野山隆司，兩人都是華九會的幹部。」

名字和住址自然不用說，就連生日、血型及家族成員等個人檔案，以及一天的行動模式等關於目標的各種情報，全都一應俱全。新田暗自讚嘆對方調查得真仔細。

「總之，請先殺了這兩個人，其餘的以後再說。」

這大概是錄用考試。

「如果成功的話，就能簽訂正式契約，對吧？」

「對，正是如此。我們砸錢是不手軟的。」

對方提出的價碼確實十分優渥。

「……對了。」劉改變話題。「那個殺手——叫做猿渡，是吧？聽說他是你的朋友？高中同學啊？」

調查得真仔細——新田再次讚嘆。

「對。有什麼問題嗎？」

「不，沒什麼。」劉雖然這麼說，話中卻顯然帶有弦外之音。「我只是希望不會產生不必要的麻煩。幹這一行，情分有時候只會壞事。」

「……原來如此。」看來如傳聞所言，劉是個十分謹慎的人。「您認為我會把朋友放在重要的客戶之前？」

「恕我失禮。」

「請不用擔心。他雖然是我的朋友，但我們向來是公事公辦。再說——」新田把眼鏡往上推，微微一笑。「對我而言，殺手不過是工具而已。」

「聽到這句話，我就放心了。」

劉回以微笑，再次開始划船。

回到乘船處，劉下了船。談話似乎結束了。「和你應該可以合作愉快。」劉留下這句話之後便離去。

真是個不好應付的男人啊——新田如此暗想。

新田在附近的長椅上坐下，立刻打電話給猿渡。

「喂？猿仔嗎？你現在在哪裡？」

『打擊場。』

回覆新田的是比平時更加不悅的聲音。他還在練投啊？

「喂！」林在副駕駛座上嘟起嘴巴。「我說過，今天有想看的電視節目吧。」

時值夏天，外頭熱得要命，林不想四處奔波。這陣子天氣酷熱，讓他完全喪失工作幹勁，現在只想待在開著冷氣的室內拿著啤酒——前幾天林剛過二十歲生日——悠閒地看電視。

但是，林被半強制地拉出房間，坐進車子裡。

「我才不想和你去兜風。」

「這不是兜風。」馬場把檔案夾遞給林，是小百合給的華九會成員名簿。「是工作，工作。」

「那就更不想去了。」

為了瓦解華九會，必須逐一暗殺華九會的幹部，削弱組織的力量。這就是馬場的目的。

「小林，這也是你的問題。我們已經被那個組織盯上了，不想個辦法解決，就得一輩子被追殺。」

經馬場這麼一說，林無從反駁。

追根究柢，一切的元凶是林自己。林背叛華九會，才害得替他助陣的仁和加武士跟著被追殺。

「再說，也不能給小百合添麻煩呀。」

受馬場委託暗殺華九會頭目的小百合也可能惹禍上身。她說要離開日本避一避風頭，出國旅行去了。馬場似乎打算在她回國前把事情解決乾淨。

自己闖下的禍，總不能推給馬場一個人收拾善後。「知道了啦。」林喃喃說道，打開檔案夾問道：「所以呢？目標是誰？」

「宇野山隆司。」

成員名簿裡記載了近兩、三百人資訊，小百合替幹部級成員蓋上圈印，已經身亡或服刑中的成員則是蓋上叉印。

「宇野山、宇野山、宇野山……」

林在並列的名字中尋找「宇野山隆司」。名字似乎是按照五十音順序排列的，翻到第三頁時找到了。

「……找到了，宇野山隆司，四十五歲……喂，上面寫的住址是『竹下四丁目』，是反方向耶。」

馬場駕駛的車子是朝著東區方向前進。

「我們不是要去宇野山家，而是要去事務所。這個時間他還在工作。」

不光是宇野山，馬場打算連事務所裡的小弟也一併掃蕩。

右轉過後，馬場踩下剎車。目的地似乎到了。

馬場把車子停在路肩。

「換上這個唄。」

他遞了個紙袋給林，裡頭是白色女用襯衫、窄裙及藏青色外套等較為保守的服裝。

林依言在狹窄的車內換上衣服。

至於馬場則是做西裝打扮，領帶繫得牢牢的，穿著背心與外套。與平時不同的是，那是一身灰色的三件式條紋西裝。

馬場戴上黑框眼鏡，問道：「如何？看起來像律師麼？」

「只像可疑的騙子。」

根據馬場所言，宇野山和一般人發生糾紛，和解條件一直談不攏，無可奈何之下，只好找律師諮詢。今天九點，那個律師會拜訪宇野山的事務所。至於情報出處，林不用問也知道。

換句話說，馬場打算冒充律師，大搖大擺地入侵事務所，進行暗殺。

但這麼做有個問題。

「武器要怎麼辦？」林有匕首槍，但馬場不然。「日本刀可不能帶進事務所裡。」

「現場調用。」

「……啊？」

什麼意思？林歪頭納悶。

「我是妙見法律事務所的妙見達郎……對不起，名片正好用光了。」馬場自我介紹之後，指著身旁說道：「這是我的祕書小林。」

「我是小林憲子。」林畢恭畢敬地低頭致意。

「對不起，我們好像太早來了。」

「不會、不會。」宇野山態度熱絡地迎接他們。他似乎完全信了這對冒牌律師和冒牌祕書。「歡迎光臨，請進。」

事務所裡除了宇野山以外，還有六個看似小弟的男人，似乎正在工作，個個都坐在辦公桌前不停撥打電話。股票、投資等可疑字眼不時傳入耳中，想必不是什麼正經的電話。

林和馬場被帶往位於短廊盡頭的宇野山房間，兩個小弟跟隨在他們身後。

一踏入房間，林便吃了一驚。只見角落的櫃子上除了日常用品以外，還擺放著一把日本刀。

——哦，原來如此，現場調用啊？

馬場早就知道個事務所裡有日本刀。這八成也是蘑菇頭提供的情報。

宇野山勸座，馬場和林一同往長椅坐下，而宇野山則是坐在他們對面。門口附近站了個小弟，宇野山身旁也有一個，宛若軍人一般挺直腰桿，立正不動。

「——哇！好漂亮的刀。」馬場把視線轉向日本刀，彷彿這才發現刀的存在。

「是啊。」宇野山自豪地回答：「是真刀。」

「老實說，我也是個熱愛古董的人。」馬場靦腆地笑道：「可以走近一點欣賞嗎？」

「可以，請便、請便。」

馬場站了起來，走向櫃子。

「真是太棒了……」

馬場發出感嘆聲，仔仔細細地端詳日本刀。

「對吧？這是江戶時代的知名刀匠——」

就在這一瞬間。

馬場拿起日本刀，拔刀出鞘。當宇野山察覺時，身體已經被貫穿。

「大、大哥——」

小弟們大吃一驚，目瞪口呆。這兩個人是林的獵物。在馬場刺殺宇野山的同時，林也採取行動，持刀垂直刺入其中一人的心臟。林先攻擊站在門邊的男人，因為他的位置距離退路比較近。

「來、來人啊！」

另一人試圖呼救，林從後方摀住他的嘴，割斷他的喉嚨。

短短幾秒鐘，便多出三具屍體。

「好身手。」馬場甩掉刀上的血，瞇起眼睛說道：「真是優秀的祕書呀。」

「誰是祕書啊？」

到目前為止，計畫都進行得很順利。

在他們打算進入下一階段時，一道敲門聲響起，房門打開來。

「——啊！」

一個男人站在門口，是負責倒茶水的打雜小弟。他手上端著一個托盤，上頭放著三個茶杯及茶碟，應該是要給林、馬場和宇野山的茶。

看見房裡的屍體，男人大吃一驚，托盤從他手中滑落，茶杯掉到地上應聲碎裂。

「嗚、啊啊、哇啊啊啊啊！」

男人發出慘叫聲，打算逃走。

馬場擺出近似側投的姿勢，對著男人的背部扔出日本刀。刀刃不偏不倚地貫穿身體，男人當場倒地。

不過，這下子可就驚動到事務所裡的所有小弟。剩下的三人從走廊的另一端探出頭來，大聲嚷嚷：「在吵什麼！」

「剩下的交給我。」林往前踏出一步。

在閑靜的住宅區裡進行槍戰太過張揚，因此男人們紛紛亮出短刀，走向林和馬場。

「——好，大開殺戒吧。」

林喃喃說道，重新握好熟悉的武器。

在無處可逃的狹窄走廊上戰鬥雖然麻煩，但也不必特地退回房裡抵禦敵人的攻擊。比速度，林較為有利。林在一瞬間縮短與對手之間的距離，挺刀刺向下巴與脖子之間，隨即鑽過男人的腋下，避開噴濺而出的鮮血，並把屍體扔向下一個男人。男人被屍體壓得失去平衡，林趁機攻擊，割斷他的喉嚨。

最後一個不知幾時間被馬場收拾了。

林和馬場留下七具屍體，立刻離開事務所。面對這番乾淨俐落又令人滿意的成果，林用鼻子哼了一聲。「輕輕鬆鬆。」

馬場坐進駕駛座，意氣風發地說道：

「好啦，接下來是這個男人，金炳熙。」

馬場指著名單上的名字。按照五十音順序，名字列在宇野山之後的幹部級成員就是這個男人。

「啊？」林皺起眉頭。「還要殺啊？」

林還以為可以打道回府了。

「……我明明說過有想看的電視節目。」

林大剌剌地坐在副駕駛座上，嘆了口氣。

「——你就是金炳熙？」

位於西新的高級公寓。

在停車場一角，猿渡對著某個走下豪華跑車的男人問道。

「……啊？」男人回過頭來，皺起眉頭。「你是誰？」

確認，和照片上的臉孔相同。就是他，錯不了。車牌號碼也和檔案裡的資料一致。

猿渡拿出預藏的忍者刀，見狀，金的臉色倏地發青。

「你、你是誰派來的——」

沒有必要回答。

猿渡踏出一步，縮短距離，抓住試圖逃走的金的衣領，一把拽倒。男人毫無防備地跌到混凝土地上，猿渡從正上方飛撲過去，舉刀刺入心臟，殺死男人。

猿渡按照新田的吩咐，把手裏劍放在屍體旁，這麼做是為了向客戶證明是自己的功勞。這麼一來，工作就結束了。

他隨即前往車站後方的投幣式停車場。新田正在車裡等候。「如何？」

「輕鬆獲勝。」猿渡笑道。

「接下來是這個男人。」新田把資料遞給猿渡。「宇野山隆司，這個時間應該在箱崎的事務所裡。」

「韓國人之後是日本人？華九會真沒節操。」

「因為他們是跨國黑道集團嘛。」新田發動車子。

之後，猿渡來到宇野山的事務所，在門前歪頭納悶。

——門鎖是開著的。

這些傢伙真是粗心大意。猿渡皺起眉頭。忘記上鎖嗎？不，不可能，再怎麼說也不至於迷糊到這種地步。

或許是出了什麼事。猿渡心懷警戒，按著刀踏入屋內。屋裡鴉雀無聲，似乎沒有人在。

走進屋內深處，鮮豔的紅色映入眼簾。是血。有男人倒在前頭的走廊上，而且是好幾個男人，屍體在地板上層層堆疊。

「……搞什麼？」面對意料之外的發展，猿渡忍不住出聲說道：「已經死了？」

屍體的血還沒乾。

到底發生了什麼事？猿渡獨自佇立，環顧事務所。

就在這時候，門鈴響起，好像有人來了。過一會兒，玄關傳來招呼聲：「打擾了。」是道男聲，似乎不是敵人。

「有人在嗎？」聲音逐漸靠近。

猿渡不躲也不逃，留在原地迎接客人。

出現的是個身穿西裝、看起來中規中矩的男人，不像是黑道人士。他歪頭納悶，詢問猿渡：「呃，宇野山先生呢？」

「你是誰？」

「律師，妙見法律事務所的妙見達──」

男人察覺猿渡背後的屍體，臉龐倏地僵硬起來。「噫！」他發出尖叫聲，開始發抖。瞧他怕成這樣，猿渡心想應該是一般人吧。

「啊，殺了這些人的不是咱。」猿渡姑且做了解釋。「不過，就算咱這麼說，你八成也不信。」

男人慌慌張張地逃走了，果然不相信。

──沒辦法，殺了他吧。

猿渡朝著那人的背部扔出四方手裏劍，然而手裏劍大大偏離軌道，刺中牆壁。

「啊，又沒射中，混蛋。」猿渡咂了下舌頭。

男人就這麼逃走了。「哎，算了。」猿渡聳聳肩。他懶得追了。

接著，猿渡蹲在地板上檢視屍體。傷口都是刀傷，全部命中要害，手法非常俐落。是內行人下的手，八成是同行幹的，看來是被捷足先登。

到底是誰幹的？猿渡歪頭納悶。他仔細調查現場，找尋線索。

當他發現掉在屍體旁的東西時，大吃一驚。

沾有血跡的刀，而且是日本刀。

使用這種武器的殺手，猿渡只認識一個。

「——是那小子？」

莫非那個男人也在對付華九會？

猿渡想起那張滑稽的面具，面露賊笑。

「看來這份工作會變得忒有意思。」

林和馬場把車子停在一段距離之外，徒步走向金的公寓。

「喂，馬場。」林在途中停下腳步，指著目的建築物。「你看那裡。」

公寓前擠滿人，現場一片譁然。

「連警察都來了。」

幾輛巡邏車停在公寓前，周圍拉起防止一般人進入的封鎖帶，別說是要進入公寓內，連外圍都無法踏入。

「發生啥事麼？」馬場也歪頭納悶。

他們混在圍觀群眾裡觀察現場，在看似警察的群體裡發現一張熟面孔。是刑警重松。

「重松在那裡。」林指著人說道。

「呀，真的。」

馬場扯開嗓門，朝著重松揮手。

「重松大哥～」

聽見馬場呼喚的重松驚訝地瞪大眼睛，走向他們。

他們不約而同地往沒有人的地方移動。

「你們在這種地方幹什麼？」重松開口問道：「還有那身打扮是怎麼回事？想轉行，在找工作嗎？」

「來殺人的。」

「……別在刑警面前明目張膽地說這種話行不行？」

重松面露苦笑。

「發生了啥事？刑案呀？」

「對。」重松面色凝重地點頭肯定馬場的話語。「是殺人案。」

他仰望背後的建築物，繼續說道：

「這棟公寓的住戶在停車場遇害，是個姓金的韓國人。」

「金？是金炳熙嗎？」

「咦？嗯，是啊……」重松又吃了一驚。「怎麼，你們認識？」

「就是我們要殺的人啊。」

「……不是說了別這麼明目張膽地說這種話嗎？」

聽了林的發言，重松啼笑皆非地說道。

「聽說金為了上繳貢金，幹了些危險的買賣，這件案子十之八九和黑道有關。」

身為犯罪組織的幹部，被殺想必是有理由的，除了他們以外還有其他人想要金的命，也不是什麼不可思議的事。

「凶器是？」

「詳情還不清楚，應該是刀子吧。」重松回答，用拇指戳了戳自己的胸口。「一刀刺中心臟，我想應該是殺手下的手。」

還有——重松又補上一句：

「遺體附近有一枚手裏劍。」

聞言——

「呃！」

「該不會……」

馬場和林同時皺起眉頭。

「怎麼？」重松歪頭納悶。

手裏劍——會用這種玩意兒的只有那傢伙。

那個男人也在對付華九會？

「……看來這份工作會變得很麻煩。」

馬場喃喃說道，林默默地點頭。

事務所遭到襲擊，包含幹部宇野山隆司在內的七人被殺。

同為幹部的金炳熙也在自家公寓的停車場遇刺。

兩個噩耗幾乎在同時傳入進來的耳中。當時，他剛送李回去，自己也正要回家。收到部下的報告後，進來不禁抱頭苦惱。

他把車子掉頭，首先前往宇野山的事務所。他抵達時遺體仍在，被殺的男人們維持案發時的狀態，東倒西歪地躺在各處，模樣慘不忍睹。白色的牆壁和地板都被他們的血染紅。

「被殺的包含宇野山先生在內，共有七人。」

先行趕來的部下向進來報告。

「還有，牆上插著這個東西。」

說著，部下把某個黑色塊狀物遞給進來。

——是手裏劍。

該不會……進來聯想到某個男人。前幾天，在須崎町的大樓頂樓上大鬧組織的那個殺手。

「……是那傢伙幹的？」

「好像是。金先生被殺的現場也留有同樣東西。」

部下繼續報告：

「來訪事務所的一個叫妙見的律師說他看到了凶手。」

「把那個殺手的照片拿給律師看，請他指認。」

進來下令，部下領命而去。

這下子麻煩了——進來嘆了一口氣。

宇野山在事務所，金在自家公寓被殺，這代表幹部的住家和事務所的位置都已經被敵人掌握。

敵人的目標是華九會的幹部級成員，輕易拋頭露面或許會被殺，看來暫時還是避避風頭為宜。

老實說，其他幹部的下場如何，進來並不在乎。即使幹部們被殺、組織因此傾覆也無所謂，只要瑞希平安無事就好。

必須先讓瑞希到安全的地方避風頭，在這段期間內，自己遵從他的指示，代替他行動即可。

進來從懷中拿出香菸。紅白包裝——是仁壹愛抽的牌子。仁壹死了以後，進來也開始抽菸。進來叼起香菸，點上火，懷念的味道撲鼻而來。他閉上眼睛，仁壹的身影浮現眼底。

——請放心，仁哥，我一定會保護您的弟弟。

他絕不能重蹈覆轍。無論使用什麼手段、無論發生什麼事，他都必須保住那個人重視的人，即使要賠上這條命也無妨。

進來板著臉，吐出白煙。他拿出手機，打算向瑞希報告。

趙搭了兩個半小時的飛機前往釜山，與楊會合後，便找上那個男人的家。

在趙的祖國，由於人口急速增加，買賣孩童的生意大為盛行。這個男人原本也是人口販子，然而幾年前，他突然拋下工作，帶著家人逃往韓國，現在過著安穩的生活，彷彿把從事無良生意的過去忘得一乾二淨。

無論趙如何逼問男人昔日的罪行，男人始終堅稱「什麼都不知道」，直到看見被五花大綁的女兒，他才變了臉色。

趙當著男人的面，用刀子抵住他年幼女兒的喉嚨。

「我再問最後一次，你最好老實回答，別讓自己後悔。十年前，你是不是人口販子？」

男人終於死心，垂下頭來小聲回答：「……嗯，沒錯。」

趙瞇起眼睛，繼續詢問：「當時你經手過一個叫貓梅的小孩，還記得吧？」

男人搖了搖頭。

「那時候我一年買賣幾百個小孩，哪能每個人都記得？」

「……是嗎？真遺憾。」

趙裝模作樣地聳了聳肩。

「如果你沒有認真調查的意思，我只好使點手段。」

柳葉刀的刀尖抵住小女孩纖細的脖子。

「住手！」男人的臉龐扭曲。他趴在地板上懇求：「求你住手……別傷害我女兒。」

「不知道，不曉得，不記得——下次你再說這些字眼，我就把你可愛女兒的眼珠挖出來，聽到了嗎？」

男人臉色發青，不斷點頭。

「替我查出貓梅的下落。從前的紀錄應該還留著吧？」

「……知、知道了。」男人依言打開電腦，開始調查。「你知道那個人的管理編號嗎？」

「嗯。」

趙念出七位數字，男人立刻用鍵盤輸入。

敲打鍵盤的聲音持續作響。

片刻過後，男人的手指停下來，似乎找到情報了。他念出畫面上顯示的資料。

「……那個叫貓梅的人，離開設施以後在台灣工作了兩年，之後去了日本。」

「日本的哪裡？」

「福岡。大約三年前入境的。」

「……福岡嗎？」

「很近啊。」楊插嘴說道：「搭乘高速船，三個小時就到了。」

只要三個小時。那傢伙近在咫尺。

——我們馬上就能見面了，貓。

趙面露賊笑。

「然後呢？那傢伙在福岡做什麼？」

「他被賣給一個叫華九會的組織，成為他們旗下的殺手。」

「華九會？」趙沒聽過。「楊，你知道嗎？」

「嗯，我記得是新興的跨國黑道集團。」

「我查得到的只有這些，其他的我不知道。」男人把貓梅的照片和資料列印出來遞給趙，闔上電腦，吐了口氣。「夠了吧？把女兒還給我。」

他的女兒打從剛才便不斷抽泣，尖叫般的尖銳聲音十分刺耳。

「……哭哭啼啼的吵死人了，臭小鬼。」

趙齜牙咧嘴，用冰冷的聲音啐道：

「我在妳這個年紀的時候，一哭就會被鞭子抽。絕對不能讓敵人看見眼淚，掉淚只會讓自己變得軟弱——我是被這樣教育的。那些人根本沒把我當人看待，這就是證據。」

說著，趙露出上臂。隆起的上臂有條碼狀的刺青，代表他只是商品的印記。

趙把視線轉向男人問道：「你對這個印記應該有印象吧？」

「那是——」看見刺青，男人倒抽一口氣，慌慌張張地搖頭說：「跟、跟我沒關係，我已經金盆洗手了。」

什麼叫做「沒關係」？真令人作嘔。哪怕金盆洗手，也洗不掉過去的罪愆。

被賣掉的男童女童被迫乞討、賣淫，或是在工廠、礦坑做苦工，有時甚至得參與搶劫、竊盜或殺人等犯罪。等到沒有利用價值以後，就會被開膛剖腹，挖出器官拿去賣。無論走哪條路，都無法逃離悲慘的人生。

明知如此，這個男人還是昧著良心販賣孩童。

「欸！」趙把臉湊向小女孩，輕聲說道：「想不想知道妳爸爸從前做過多麼了不起的工作？」

男人瞪大眼睛。「該、該不會……」

「自己的女兒被賣掉，有什麼感覺？」

趙歪起嘴唇，朝著小女孩伸出手。

「住手——」男人動了。他的臉色大變，試圖奔向女兒。

趙揮動刀子，砍下男人的頭顱。小女孩哭喊得更大聲，宛若發狂似地拚命大叫。

「我說過，吵死了！」

趙揍了小女孩的心窩一拳，小女孩立即昏倒。

他用右手抱起小女孩。

「來，這是答謝你幫我的謝禮。」他把小女孩遞給楊，代替鈔票。「長得還挺清秀的，賣給變態老頭應該能換到不少錢吧。」

三局上

林是為了錢而被賣掉的。

在他九歲的時候。

林家境貧窮，父親的賭債更是使得家計雪上加霜。母親體弱多病，又是個婦道人家，要獨力撫養兩個孩子十分困難。林當時雖然年幼，卻也十分清楚自己的家庭狀況有多麼絕望。

林知道有個可疑的男人時常上門，也察覺那個男人是負責收購孩童的人口販子，一直逼迫母親賣掉孩子，但母親總是嚴詞拒絕。不過，男人依然鍥而不捨，不斷慫恿日益憔悴的母親：『放棄一個，日子就能過得輕鬆點了。』但母親為了保護自己的孩子，怎麼也不肯點頭。

已經夠了——林如此暗想。

這就夠了。見到母親這般堅持，已經夠了。林覺得很幸福，因為母親如此深愛他們。他已心滿意足，別無所求。

三天後，林離開家人。

林是在半夜出發的。男人把他像隻家畜般塞進貨台上的籠子後，發動車子。

車子在沒鋪柏油的鄉間道路上行駛了半天，中途完全沒有休息。在劇烈搖晃中，林無可避免地暈了車，好幾次都險些吐出來，只能摀著嘴巴強自忍耐。一整晚，林都因為寒冷及噁心而不斷發抖。

抵達目的地時，已經是早上。

漫長的旅途讓林疲憊不堪。他搖搖晃晃地下了車，仰望建築物。矗立於眼前的是混凝土外牆。

『這座工廠是監獄改建成的。』男人說道。

的確，建築物看來很封閉，被有刺鐵絲網的高牆包圍著，無法窺見內部，給人一種一旦進去便再也出不來的恐怖印象。

『雖然叫做工廠，不過被製造的是你。』男人笑道：『這裡是人類工廠，目前還是實驗性質，今年開始製造少年兵器。從今天起，你要在這裡接受為期五年的特殊訓練。』

人類工廠，少年兵器，特殊訓練——難以理解的詞語從男人口中一個接一個冒出來。

『學習如何殺人，成為優秀的殺人兵器，這樣地下組織才願意花錢買人。有的人會成為殺手，有的人會成為間諜或軍人，有的人會成為恐怖分子。』

男人接下來的話語讓林更加毛骨悚然。

『前天死了一個訓練生，正好空出缺額。你的運氣很好，不然現在就得開膛剖腹賣內臟，或是被賣給有錢的戀童癖。』

緊閉的鐵門前站著兩個身穿深綠色制服的男人，大概是守衛，收購孩童的男人對他們說了幾句話，守衛點了點頭，走進建築物裡。

過一會兒門開了，出現另一個男人。他和守衛一樣穿著看似軍裝的衣服，但是顏色不同，從帽子到鞋尖，全身上下都烏漆抹黑。

林仰望男人的臉。他的眼窩帶著陰影，雙頰凹陷，看起來很不健康，身材卻高大結實，教人猜不出歲數；腰桿挺得筆直，動作乾脆俐落，充滿壓迫感。不知道他是什麼人？給人一種來路不明又陰森可怖的感覺。

收購孩童的男人叫他「教官」。

教官給了男人一疊鈔票，足足有林收到的三倍厚。男人把錢收進懷裡後，說聲：

『加油吧。』便離開了。

教官目不轉睛地俯視著林，用視線示意他：『跟我來。』

林跟著教官穿過便門入內。

堅固外牆環繞的廠區裡有好幾棟建築物。這座設施相當老舊，全都是以鋼筋混凝土建造，老朽得相當厲害，隨處可見腐蝕與龜裂的痕跡。中央有座監視塔，塔上有男人扛著來福槍，似乎是在監視有沒有人入侵或逃走。

話說回來，每棟建築物的色調都十分陰鬱。灰色的牆壁、黑色的門、模糊的玻璃，真是個討厭的地方——林如此暗想。打從踏入廠區的那一刻起，林就覺得喘不過氣。空氣混濁，整個設施被一股鬱悶的氛圍籠罩，再加上今天天氣不好，天空因為廢氣與黃沙而混濁不堪，無論望向何處，都是宛若黑白照片般的黯淡景色。

『在這裡，我說的話是絕對的，知道嗎？』

教官開口。他用宛若去除情感般的平板語調繼續說道：

『不要信任別人，能夠相信的只有自己。這會成為你在這座設施——不，今後人生的教訓，你要謹記在心。』

那是低沉卻響亮的聲音。

教官大步前進，林則是小跑步追著他的背影。不久，他們來到某個地方，門前站著兩個一臉無聊的守衛。

第一監舍——門上是這麼寫的。

打開鐵門一看，裡頭是牢房。

幾扇鐵欄杆門隔著通道相對並排，每個單人房裡都關著和林年齡相仿的小孩，他們帶著害怕與警戒的表情從牢裡凝視林，每張臉都死氣沉沉，宛若成群的俘虜。自己有一天也會變成那樣嗎？變成失去人生目標的行屍走肉。

『在這裡，任何時候都是兩人一組行動，同房的室友就是你的搭檔。一切都採連帶責任制，你們要同心協力，互相幫助，努力受訓。』

林雖然覺得教官的話有些奇怪，還是點了點頭。

『這裡是你的房間。』教官在最深處的牢房前停下腳步，打開門並用下巴指了指裡頭。『進去吧。』

林依言踏入牢房。

『換上這套衣服。』

教官扔給林的是讓人聯想到囚衣的樸素運動服。林接過衣服後，鐵欄杆門就砰一聲關上。教官並未多加說明便逕自離去。

牢房的構造相當簡樸。看來很難睡的床鋪、外露的馬桶和用鐵欄杆封住的小窗戶，中央有片厚厚的隔間板。

『嗨，新來的。』

一個紅髮男孩從隔間板彼端探出頭來。

另一頭也是同樣的格局，似乎是把兩個單人房之間的牆壁打掉一半，硬生生地改造成雙人房。

『我叫緋狼，請多指教。』

同房的男孩露齒而笑。他有一頭紅色短髮，眼尾上揚，但笑容頗得人緣。

林也自我介紹，並與他握手。『啊，嗯……請多指教。』

『太好了，只有我一個人，心裡有點怕怕的。』

他是個活潑的男孩，雖然處於這種陰鬱的地方，而且被關在牢裡，表情卻十分開朗。在他身上，完全感覺不到其他孩子臉上浮現的那種萬念俱灰、絕望和悲觀之色。是因為他尚未理解自己置身的狀況嗎？還是他生性樂觀？

林手足無措地站著，緋狼見狀催促道：『哎，先坐下吧。』林依言往硬邦邦的床鋪坐下來。

緋狼盤腿坐在地板上，壓低聲音說：『老實說，之前跟我同房的人自殺了。』

『咦！』林忍不住大叫。

緋狼用食指抵著嘴唇，『噓！』了一聲才又繼續說道：

『是用繩子上吊自殺的。』他指著窗戶上的鐵欄杆。『一早起來，就看見他吊在那裡。』

這麼一提，收購孩童的男人說過死了個訓練生，正好空出缺額，所以林才被帶來這裡。沒想到那個人是死於自殺。

這個房間死過人，而且是和自己年齡相仿的小孩。一思及此，林就覺得不太舒服。

『大概是受不了這裡的訓練吧，才兩個禮拜就撐不下去。』

這裡的訓練究竟有多麼嚴苛，竟會讓人自殺？林忍不住想像，打了個冷顫。他的不安越來越強烈。

緋狼宛若要吹散這股沉重的氣氛——

『接下來的五年，一起加油吧，搭檔。』

他露出滿面笑容說道。

搭檔——沒錯，林並不孤單。教官也說過，要他們同心協力，互相幫助，努力受訓。林的心情變得輕鬆一些。

雖然同齡，但緋狼說話的口吻相當成熟。或許在這裡生活後，即使不願意也會變得成熟吧。

正當林打算詢問緋狼這個設施裡實行的是什麼樣的訓練時，鈴鈴鈴鈴——一陣震耳欲聾的聲音響起，聽起來活像是通知緊急狀況發生的警笛聲。林驚訝地望向緋狼，只見緋狼泰然自若，似乎已經司空見慣。他告訴林：『這是上課的鈴聲。』

鎖上的鐵欄杆門自動開啟。

『快走吧。』緋狼用下巴指了指門口。『遲到的話會挨揍。』

緋狼帶林前往的房間裡擺放著成排的桌椅，似乎是教室。每張桌子都很老舊，右端寫著號碼，兩兩併起，全部有十組。二十名訓練生各自入座，座位似乎是固定的。『我們的位子在這裡。』緋狼和林坐在一起。

上午是室內課，內容主要是語學。整整五個小時，他們窩在教室裡學習各國語言，每種語言各有不同的講師。訓練生大多出生於貧困的家庭，有些人甚至連母語都無法讀寫。也有些人是來自於印度與菲律賓等海外國家。

上完日語課之後，便進入午休時間。午餐菜色簡樸，味道很淡，彷彿只是為了裹腹而煮，實在稱不上好吃。林和著水把飯菜全灌進肚子裡後，鈴聲再度響起，根據緋狼所言，這是宣告午休時間結束的鈴聲。

下午正好相反，全員被要求到室外集合。

教官在運動場中央等著他們。

下午的第一堂課是耐力跑。無論發生什麼事都不能停下腳步，兩人同心協力繼續跑下去，停下腳步的小組必須接受懲罰——教官下達這道指令。訓練生排成兩列，按照教官的指示，開始繞著外圈奔跑。

起先大家都用同樣的步調跑步，然而過了三十分鐘後，隊列便開始紊亂。有人絆著了腳，跌了一跤，扭傷腳踝站不起來，另一個男孩立刻跑過來攙扶他，大概是和他同房的搭檔。

扭傷腳的男孩並未起身，而是跌坐在原地，猶如洪水決堤般哇哇大哭。

『——別哭。』

不知幾時間，教官悄悄來到他們的背後。

『掉淚只會讓自己變得軟弱。』

教官的手上握著硬鞭。他用狀似黑棒的硬鞭毫不容情地毆打少年，就連一旁的室友也跟著挨打，兩人都趴在地上。

『他、他在幹嘛啊……』

好殘酷的光景。林一面跑步，一面錯愕地喃喃自語。

跑在身旁的緋狼皺起眉頭說：

『別說了，閉上嘴巴跑步，不然連我們都會挨揍。』

『可是——』

『這裡的規矩就是這樣。』

他們可沒有餘力擔心其他小組。林的雙腳已經瀕臨極限，身體沉重，動作宛若被鎖鏈綁著般遲鈍，不聽使喚。他覺得呼吸困難，幾欲作嘔。

不久後，林停下腳步。他再也抬不起腳，當場軟倒下來。

『喂，你不要緊吧？』

緋狼也停下腳步，窺探林的臉龐。

『不准休息。』

教官的聲音傳來。

下一瞬間，背部竄過一陣痛楚。

『噫！』林發出微小的尖叫聲，皺起眉頭。

他隨即明白自己是被鞭打了。好痛，這個王八蛋在幹什麼？林抬起頭來，怒目瞪視教官。

『你那是什麼眼神？』回應林的是冰冷的視線。

林咬牙切齒地握緊拳頭。這個男人根本瞧不起他們，他吃定這些小孩無力反抗。林很想給他一點顏色瞧瞧。

『你想反抗我嗎？試試看啊。』教官瞥了緋狼一眼，繼續說道：『那小子也會嘗到同樣的苦頭。』

連帶責任——教官的話語閃過腦海。如果林反抗，緋狼也得一併遭殃。就和剛才那兩個男孩一樣，連室友都得挨打。

林咬緊嘴唇，鬆開了拳頭。

『對不起，教官。』身旁的緋狼低頭賠罪。接著，他在林的面前蹲下來。『快，上來吧，我背你。』

『咦？不，可是——』

『別說了，快上來。』他半是強迫地背起林。『再這樣下去，我們兩個都會被處罰。』

有些孩子是勾著搭檔的肩膀或被搭檔拉著手跑步。

兩人同心協力繼續跑下去——教官是這麼說的。無論用什麼形式，他們都必須繼續前進。緋狼的行為是正確的。

緋狼背著林默默地繼續奔跑。在這段期間內，教官依然毫不容情地鞭打停下腳步的人。

『……我還以為我會死掉。』

拖著腳回到牢房的林倒向床鋪。他的全身像鉛塊一樣沉重，使用過度的雙腿現在仍在發燙。

『什麼訓練啊！根本是虐待……混蛋，我真想扁那個教官一頓。』

林嘟著嘴說道，緋狼咯咯笑了。

『別說啦，要是被聽見就糟了。』

的確。林閉上嘴巴。他不能像白天那樣又給緋狼添麻煩。

『……欸，緋狼。』林坐起上半身，垂下頭來小聲說道：『今天真對不起……謝謝你幫我。』

緋狼一笑置之。『不用放在心上。』

『話說回來，你好厲害喔！緋狼……你跑了那麼久，而且背著我，現在竟然還這麼有精神。』

他和疲累無力的林正好相反，依然精神奕奕。林感到佩服不已。

『我已經鍛鍊兩個禮拜了，體力當然比較好。』他捲起袖子，展示肌肉。『開頭比較累，不過你很快就會適應。』

說歸說，落後了兩個禮拜，要追上應該不容易吧。

『我能夠適應這種環境嗎？』

林無法想像自己兩個禮拜後連跑好幾個小時，氣息卻絲毫不亂的模樣。

『欸，別說這些了。』緋狼改變話題。『你怎麼會跑來這種地方？』

『因為……』

這個人是今後的搭檔，讓他知道自己的私事應該也無妨吧？林決定坦誠相待。

『我需要錢。』

林主動和收購孩童的男人談判，沒有絲毫猶疑。他要求男人帶他走，男人立刻點頭同意，並給了他一大筆錢。

『我家很窮，爸爸又在外頭欠債，我們根本沒辦法生活，所以我才收下錢來到這裡。我騙媽媽說，要去外地工作掙錢。』

林對母親隱瞞實情。他告訴母親自己去市區工作，透過熟人的介紹，獲得在日本工廠工作的機會，而且包吃包住。雖然母親反對，但林的決心並未動搖。即使必須賣身，也要幫助母親——他滿腦子都是這個念頭。

『這樣啊……你的身世也挺慘的。』

接著輪到林發問了。『緋狼，你呢？』

『我是被我媽賣掉的。』緋狼向來開朗的聲音在這時候微微地沉下來。只見他垂下雙眼，繼續說道：『我媽是妓女，起先我也得幫忙拉皮條，可是我是男的，以後不能接客，我媽嫌養我太浪費錢，就把我賣了。』

『怎麼這樣……』

林難以置信。居然有父母賣掉自己的孩子。

『不過，我很慶幸來到這裡。』

緋狼露出無邪的笑容。從他的表情可知他並非逞強，而是真心這麼想。

『訓練雖然很嚴苛，但起碼不會挨餓受凍，和從前的生活相比，這裡好多了。所以，無論訓練再怎麼痛苦，我都能忍耐。雖然我和你不一樣，沒有為了家人、為了母親這類了不起的理由，不過為了自己，我一定會活下去，無論使用什麼手段——現在我是這麼想的。』

他的語氣強而有力，雙眼牢牢地正視現實，既不灰心也不悲觀，而是勇往直前。林很羨慕他的堅強。

這時候，鈴聲突然響起，牢裡的日光燈熄滅。

『怎麼回事……』

『哦，就寢時間到了。』

似乎是示意晚上十點已到的信號。

『蓋上毛毯閉上眼睛，等一下會有人來巡視，要是被發現還沒睡，就得關禁閉。』

即使在黑暗中，緋狼的笑容看起來依舊耀眼。

『好好睡一覺，讓身體休息。明天我可不背你了。』緋狼回到自己的床鋪，聲音從隔間板彼端傳來。『晚安。』

『晚安，緋狼。』

林也鑽進被窩，閉上眼睛。

早上六點起床，七點到十二點上課，接著是午餐時間，然後又得進行長達兩小時的耐力跑和嚴苛的肌力訓練嗎？光是想到明天，林就感到疲累。

如果早晨永遠不會到來，該有多好？

林輾轉難眠，腦袋莫名清醒。他睜開眼睛，不知幾時間，通道的電燈和緊急出口指示燈都已熄滅，四周變得一片漆黑，伸手不見五指，眼前只有黑暗。

好想回家——這個念頭浮現於腦海中。

都到這個關頭了，還說什麼窩囊話？這不是自己做的決定嗎？不要緊，五年轉眼間就過了，馬上能和家人重聚——林只能這樣說服自己。

好想媽媽，好寂寞。我沒事。好痛苦。不要緊。好想逃走——相反的情感交錯。

林抱著偷偷帶來的家人照片，再度閉上眼睛。

三局下

七月底的烈日炙熱地照耀球場。

隊員排成兩列，在曬得發燙的沙子上跑步。被藏青色緊身衣束縛的身體冒出汗水。好熱，這是盛夏特有的凶猛暑氣。為了多擋住一些陽光，林壓低棒球帽的帽簷。

——這麼一提，從前也幹過這種事。

林突然憶起往事。那時候，他也像現在這樣列隊，跑了一圈又一圈。

豚骨拉麵團每週練球一次，通常是選在週六或週日的其中一天，租借市內的棒球場四、五個小時。練習基本上是自由參加，因此全體隊員鮮少到齊，今天的參加人數包含教練在內共有六人，分別是林、馬場、榎田、重松，還有馬丁內斯。

跑步結束，接著做伸展操。眾人補給水分後，便聚集到一壘方向的休息區前，圍成一個小圓圈。

「……是年紀的問題嗎？」重松喃喃說道。他氣喘吁吁，雙手抵著雙膝，反覆深呼吸。「最近只要稍微跑一下就累得半死。」

「是年紀的問題。」榎田毫不客氣地回答。

重松瞥了若無其事的林一眼，笑道：「年輕人就是有體力。」

「……沒什麼。」

這點路程根本不算什麼，和那時候相比——和必須連跑兩、三個小時，宛若地獄般的日子相比，不過是小菜一碟。

林回憶當年的訓練。不光是耐力跑，他還被逼著進行各種鍛鍊，其中也包含了遠投。鍛鍊把物體投向遠方的力量，究竟有什麼用處？當時的林半信半疑，但是多虧遠投訓練，現在他才能夠守備游擊區，從三游間的深處直接把球傳回一壘，可說是意外地派上用場。

轉動肩膀、脖子和手腳，伸展雙腿，做完一輪伸展操後，他們便立刻開始練習。首先是短打練習。

林自覺進步了不少。起先他總是打不中，現在已經能夠打出滾地球。他對棒球規則也了解許多，莫說短打，連強迫取分的意思也懂了。在守備上，處理一些比較簡單的球時不再常常失誤，更重要的是，挨馬場罵的次數減少了。

每回的練習菜單都是源造設計的，配合參加人數與天候隨機應變。短打練習後是拋打練習，接著是內外野守備練習、長打練習與跑壘練習。

從前也是這樣，一天得完成好幾種訓練——林又想起訓練生時代。不知是不是因為天氣悶熱導致注意力渙散之故，林又開始胡思亂想。

注意力渙散的不只有林一個人。人數少，輪到自己上場的次數就多，因此練習變得辛苦許多；再加上天氣炎熱，使得豚骨拉麵團隊員的動作比平時更為遲鈍。平常追得上的球，因為雙腳打結而追不上。簡單的高飛球因為陽光刺眼而漏接。飲料減少的速度也比平時快，每個人都揮汗如雨。

守備練習結束後是休息時間，眾人聚集在休息區裡乘涼。

「好熱啊……都快中暑了。」

馬丁內斯皺起眉頭，喝了口兩公升寶特瓶裝的水。

林也坐在板凳上，用毛巾擦拭汗水。

「我們也該把隊上的暗號教給林了唄？」

源造突然如此說道。

「暗號？」

「就是教練下達的暗號，像這樣。」說著，馬場親自示範。他右手抓住左手肘，接著依序觸摸帽簷、腰帶、右耳和手腕。「剛才的是盜壘的暗號。」

「……太難了，這樣哪記得住啊。」

動作太快，光是要用眼睛追上就很吃力。

「只要記住關鍵部位就很簡單。」源造說道。

「關鍵部位？」

「我們球隊的關鍵部位是腰帶，腰帶之後碰的部位才是真正的暗號，其他的全是假動作。腰帶之後碰耳朵是盜壘的暗號，摸帽子則是短打的暗號。」

「原來如此……」林似懂非懂。

「這樣呢？」

源造的右手動了，依序觸摸帽子、手腕、胸口、耳朵、腰帶、帽子與手腕。

「……短打？」

林自信缺缺地回答，源造微微一笑。「正確答案。」

「還有，摸完腰帶之後摸胸口，是打帶跑。」榎田補充說道。

「……打帶跑是什麼？」

「你不知道啥是打帶跑？」馬場瞪大眼睛。

榎田撿起樹枝，一面在地上畫圖一面說明。

「打帶跑，就是一壘上有跑者，無論如何都要往前推進時，在投手投球的同時起跑的戰術。在這種情況下，打者一定要打到球，就算是明顯的壞球，至少也要勉強打成滾地球才行。即使打成內野滾地球，由於跑者已先行起跑，逃過雙殺的可能性很高。如果打成安打，便會形成一、三壘有人的局面。懂了嗎？」

「嗯，勉勉強強……」

「要是打成平飛球，跑者無法回壘，還是有雙殺的風險就是了。」重松說。

「這就來試試看唄。林，你當跑者，去一壘。」

實際演練比較快。林按照源造的指示站上一壘。

馬場擔任投手，榎田走進打擊區。

「我該在什麼時候起跑？」

「投球的同時。馬場一動，你就立刻起跑。」

源造在休息區前打出暗號。帽子、耳朵、腰帶、胸口、帽子——是打帶跑的暗號。

馬場投出了球，林跑向二壘。

然而，榎田揮棒落空。

「糟糕！」

林連忙返回一壘。

「喂喂喂！不可以回去！」源造的聲音飛過來。

「可是他揮棒落空了耶！」林指著打擊區裡的蘑菇頭。

「就算打者揮棒落空，暗號下達就得跑。別管打者，不然會延誤起跑的時機。看著唄。」

源造說道，代替林擔任一壘上的跑者，林則是就游擊手位置。

馬場投出球，源造起跑。榎田打擊出去，是疲軟無力的游擊方向滾地球。林接住球時，源造已經做出滑壘動作，即使將球拋給二壘手，源造也能安全上壘，因此林便將球傳向一壘。

「剛才的滑壘是怎麼搞的啊……根本不像是老頭子的動作。」

「真是寶刀未老呀。」

見到源造那讓人感覺不出年齡的矯捷身手，馬丁內斯和馬場大為佩服。

「剛才的就是打帶跑，懂了唄？」源造一面拍落練習衣上的塵土一面說道。

「嗯，懂了。」

的確，靠著這個戰術，跑者便能成功進壘。原來還有這種戰術啊，林恍然大悟。

不過，林有個問題。

「……可是，要是打者沒打到球，不就會變成三振雙殺嗎？」

打者揮棒落空遭到三振，一壘跑者也被刺殺出局——或許會演變成這種最糟糕的結果。

「這種時候就沒辦法啦。」回答的是馬場。「這也是『棒球』。」

「……棒球真難啊。」

不但難，而且很深奧。林原本以為棒球只是把球打得又高又遠就好的運動，但實際上還得防守、奔跑，相當辛苦。

「看到打帶跑的暗號，就相信隊友一定會打到球，放膽起跑唄。」

——相信隊友嗎？

林在心中反芻馬場的話語。

不要信任別人，能夠相信的只有自己。這會成為你今後人生的教訓——這麼一提，從前有人對自己說過這番話。林沒來由地想起這件事。

為什麼？今天老是想起往事。

清晨，猿渡結束工作，前往北九州市小倉北區一角的紺屋町，他常去的酒吧。

猿渡走在冷冷清清的道路上，路上沒有行人，林立的餐飲店與色情場所也都拉下鐵捲門。

即使在徹夜買醉的人們已經回家就寢的這個時段，「淑女．瑪丹娜」仍在營業。

猿渡走進店裡，瞥了花俏的女老闆一眼，只見她用指甲抹得通紅的食指指著深處的門。猿渡打開貼有標示「相關人士以外禁止進入」的門，走下樓梯，來到殺手專用樓層。體格壯碩的委內瑞拉人調酒師正在候客，猿渡向他點了杯可樂。店裡不見其他客人的身影。

牆邊有三具人體模型，是射擊練習區。猿渡朝其中一具扔出四方手裏劍。

他扔了好幾次，但手裏劍描繪的軌道始終不盡人意，他越扔越焦躁。

——這樣不行，贏不了那個男人。

猿渡用坦克背心的衣襬擦拭汗水。總之，現在唯有練習一途。

他又繼續扔了一陣子以後……

「——夠了，你扔太久了。」

一道熟悉的聲音傳來。

回頭一看，只見新田在包廂座位上揮手。他是什麼時候來的？猿渡皺起眉頭。或許因為太過專注於靶子上，猿渡完全沒有發現他。

猿渡中斷練習，在新田的對面坐下。

「猿仔，你的姿勢是不是變了？」

「……不，沒有哪。」猿渡冷淡地回答，喝一口沒氣的瓶裝可樂。「有什麼事？」

「暗殺久保田的結果如何？」

久保田是華九會的幹部。

劉肯定猿渡的實力，緊接著提出下一個委託，目標即是久保田。

久保田住在宗像市的透天厝裡，幾小時前，猿渡前往久保田家。

「……目標不在家。」

然而，久保田不見蹤影，連車子也消失。八成是察覺苗頭不對，已經逃之夭夭。不知道他躲去哪裡？

「沒人在家？」

「目標不在。」

屋裡並非空無一人，有人守在久保田家的客廳等候猿渡到來。是個身穿黑西裝、戴著眼鏡、瀏海七三分，活像個正經上班族的男人。

男人一發現猿渡便立刻展開攻擊，當然，猿渡反過來收拾了他。

「原來如此。」新田沉吟道：「久保田察覺有人要他的命，所以僱用殺手當自己的替身。」

久保田這陣子應該不會回家了，其他華九會幹部也很有可能和他一樣銷聲匿跡。不知道目標的下落，便無法工作。

猿渡一臉無聊地克制呵欠。「唉，真沒意思。」

包含李瑞希在內的所有幹部，全都暫住至飯店或別墅。當然，各自的行蹤只有本人知曉。接著，進來聯絡殺人承包公司 Murder Inc.，僱用了五、六名殺手，安排他們守在部分幹部的家，等待對手自投羅網。

對手終於行動了。那個殺手入侵幹部之一久保田的家。進來一大早便趕到現場，卻只看見打鬥的痕跡和被刺死的 Murder Inc. 員工屍體。

「……混蛋，被做掉了。」

看見倚著沙發椅背而亡的男人，進來微微咂了下舌頭。

「要看針孔攝影機拍下的影像嗎？」

部下詢問，進來點了點頭。

部下將預先設置好的攝影機接上電視，播放錄下的影像。

畫面中是個眼熟的男人，頭戴著帽兜，嘴上蒙著黑布。

「這個男人——」

雖然看不見臉孔，但是錯不了，是那小子。

進來目不轉睛地盯著影像。畫面中，男人在屋裡東張西望，而 Murder Inc. 的殺手在他身後舉起手槍，扣下扳機。

男人似乎察覺到殺氣，回過身來，並在槍聲響起的同時，用媲美特技的動作閃過子彈。

『——你不是久保田吧？』他的語氣顯得從容不迫。

只見男人不知從哪裡取出手裏劍，以獨特的姿勢扔出去，但並未射中對手。他趁著對手閃避手裏劍時，拔出了忍者刀。

一瞬間。

男人毫不畏懼手槍，拉近距離，迅速揮刀，砍下持槍的手臂，封鎖對手的攻擊手段之後，旋身從側面刺穿對手的脖子。

短短數秒，他便收拾了殺手。

『……轉彎和下墜的角度還是有待加強。』

男人撿起手裏劍，喃喃說道。下一瞬間，他便從畫面中消失。

話說回來，實在太驚人了。好厲害的身手，層次完全不同。進來倒抽一口氣，茫然望著影像好一陣子。

隨即，他又猛然回過神來，關掉電視打了通電話。通話對象是李瑞希，電話很快就接通。

『又是壞消息？』

「對，殺死宇野山和金的果然是那個殺手。」

『……是嗎？』

「還有一件事。」進來半是嘆息地說道：「現在您身旁的殺手或許起不了什麼作用。」

進來派了 Murder Inc. 的員工保護李，但這麼做似乎只是白費功夫。從影片看來，憑他們的實力，根本敵不過那個男人。

說完事情的始末，李瑞希也嘆一口氣。

『這可傷腦筋了。』

「我會透過各方仲介召集高強的殺手。」

進來如此宣言，但真的辦得到嗎？比那個男人更厲害的殺手，怎麼可能輕易找到呢？那名殺手的實力即使在福岡也堪稱頂級，要說敵得過他的人——

進來的腦中突然浮現某個殺手。

——仁和加武士，福岡最強的「殺手殺手」。

如果是他，或許能夠擊敗那個男人。不過，仁和加武士是組織的通緝對象，若是向他求助，那些只有自尊心高人一等的愛面子幹部，鐵定不會默不吭聲。

唯一的希望斷絕了，終究還是無計可施。在國內，沒有殺手能夠阻止那個男人。

……那麼，國外呢？

四局上

進入設施四年，林的體格變得健壯不少。他長高了，體重也增加，最近覺得單人房的床舖變得狹窄許多，骨瘦如柴的手腳和肋骨浮現的側腹也多出柔韌的肌肉。這四年來，他不只是持續進行嚴酷的肌力訓練，鍛鍊身體與精神而已，他也接受了觀察移動中物體及分辨毒物氣味等鍛鍊感覺的訓練。殺人所需的知識，全都灌輸到他的腦子裡。

林感覺得出自己變強了。

和區區兩小時耐力跑便叫苦連天的昔日相比，可說是有天壤之別。林變強了，強得判若兩人。

即使如此，在教官面前，林依然只是個十三歲小孩。縱使個子長高，視線高度越來越接近教官，面對教官刺人的冰冷眼神，林還是會忍不住打顫，忠實地遵從命令。至今他仍然可以感受到壓倒性的實力差距。自己敵不過這個男人，不能反抗這個男人——這種自幼被灌輸的觀念束縛了所有訓練生的心，林也不例外。

因此……

『——抱著殺死我的決心戰鬥。』

當教官如此下令時，老實說，林感到萬分困惑。

在設施裡，每個月都會舉行一次考試，稱為「月考」，科目分為學科與術科，題目主要是平時課堂上或實習時教的知識及應用題。同房兩人的分數會合併計算，成績優秀的小組可以獲得獎勵，因此所有訓練生都拚命地用功鍛鍊。

他們如此拚命的理由還有一個。這些考試的結果對於將來就業有極大的影響，倘若成績太差，被貼上「派不上用場的兵器」標籤，便會乏人問津，最糟的情況或許會被當作棄子，用與家畜無異的價碼賤賣，最後只能在戰地抱著炸彈衝向敵兵。當教官如此說明時，訓練生全都臉色發青。當然，無論成績好壞，他們終究只能從事危險的行業，在任務中喪命的可能性極高，即使如此，至少好過人肉炸彈這類必死無疑的任務。

學科考試有「教養」、「語學」、「戰鬥及暗殺知識」及「記憶力、觀察力」四科。題目五花八門，從與世隔絕的他們再度回歸社會也能毫無障礙地生活所需的一般常識，到世界情勢、各國語言的讀寫、武器的使用方法以及人體要害等實戰必要知識，應有盡有。

學科之中，特別受到重視的是「記憶力、觀察力」這個科目，主要是測驗訓練生掌握狀況的能力。比方看了三十分鐘的影片後，回答從右方跑來的男人穿著什麼顏色的衣服、停在後方的車子車牌號碼是幾號等諸多問題。除此之外，過去也出過這樣的題目：在規定時間內記住五十個男人的名字與長相，之後觀看某張男人的照片，回答出男人的名字。

學科考試全部結束後，便進行術科考試。術科大致上分為「體能」、「打靶」與「實戰」三科。

「體能」即是體力測驗，測量腳力、持久力、臂力、瞬間爆發力等數種項目。

「打靶」是使用各種射擊武器進行測驗。有時是用手槍打射擊場的靶，有時是用來福槍射擊放在遠處的模型，有時是用十字弓獵殺動物，還會測量組裝、設置武器到撤退為止的時間。

「實戰」是在被護欄包圍、無路可逃的空間裡與活人戰鬥，對手形形色色，有退伍軍人、武術師父、靠打黑市拳賽賺錢的現役拳擊手等等。

說來令人驚訝，這次的「實戰」對手居然是教官。

他用一如平時的口吻下令：『抱著殺死我的決心戰鬥。』

考試開始，時間只有五分鐘。林拿起事先發下的刀子，迅速縮短距離。抱著殺死我的決心——他反芻教官的話語，使勁握住武器。對方手無寸鐵。

林不斷揮刀砍向教官，然而，每一刀都被教官看得清清楚楚，只用手刀就格開林的攻擊。只剩三分鐘，沒時間了。林焦躁起來。不知是不是因為這個緣故，攻擊變得粗率，動作過大，產生了空隙。

林結結實實地挨了教官一腳，堅硬的鞋尖刺入側腹。好痛——林皺起眉頭，不過僅止如此。林已經習慣痛楚，長期接受的訓練讓他習慣了。

林重整陣腳，進行反擊。他將右手的刀子當幌子，左手朝對手的臉孔出拳。然而林的拳頭被教官一把接住，順勢往上扭。

『——結束了。』

這是測驗結束的信號。五分鐘過了。結果，考試在林毫無作為的情況下結束。

『我不是叫你抱著殺死我的決心戰鬥嗎？』

教官的聲音顯得很失望。考試結果似乎並不理想。

聞言，林大吃一驚。

『未免太瞧不起我。』

教官看出林陽奉陰違。

林絲毫沒有殺人的決心，豈止如此，他甚至認為不能讓對手喪命。他不想殺人，也不願殺人。雖然他持續接受殺人的訓練，內心卻否定這種行為。

這是當然。殺人是種罪惡，不能奪走他人生命的觀念不是那麼簡單就能推翻。即使學會再多殺人技巧，林還是下不了手殺人。殺人是不對的。

『刀子的角度很重要。你的攻擊只是撫摸對手的皮膚而已。人體要害在哪裡，我不是教過很多次了嗎？』

教官傻眼地聳了聳肩，林只能沉默以對。

他背對林，留下一句話之後便離去。

『一瞬間的遲疑會要了你的命——以後你就是生活在這樣的世界。』

至此，所有科目的考試都結束。

隔天，月考成績公布。

所有科目由上至下，依序以優、良、普、可、劣五階段評量，除此之外，還有以總分計算的個人名次，與以兩人平均分數計算的分組名次。林的總分向來位居所有訓練生之冠。

就在林觀看發下來的成績單時——

『好耶！我們這組是第一名。』

緋狼對林說道。他的個人成績是第二名。

『你的打靶成績是「優」？我只有「可」呢。』

『緋狼，你上次不也是「優」嗎？』

『那是因為上次考的是十字弓。我不擅長用槍。』

彼此展示成績單是他們的慣例。

『你的日語很好，我就不行了。什麼平假名、片假名的，根本搞不清楚。』

語學成績或許會影響日後被派往的國家。

『相反地，我的英語很好，你卻不在行。把我們合起來就剛剛好。』

的確。林點了點頭，他們的長項與短處完全不同。

『對了，貓。』緋狼露齒而笑，『離開工廠以後，要不要一起工作？』

『……咦？』

一瞬間，林感到困惑。

他滿腦子只想著要離開這個地方，完全沒想過以後的事。

緋狼雙眼閃閃發亮，興奮地說道：『短期間內或許沒辦法，不過，以後我們一定要再相聚，一起搭檔賺大錢，每天開開心心地生活。』

『好耶！』林也興奮地說道：『我們兩個聯手，絕對天下無敵。』

他們一定能夠成為好搭檔。

好期待，真想快點恢復自由離開這裡。想做的事一件接一件浮現於腦海中。

對了——林想到一件事。

『到時候你來我家玩吧。雖然我家很窮，沒辦法招待你什麼，不過我想介紹你給我的家人認識。』

緋狼頻頻點頭。

『我去，一定去。真期待那一天到來。』

兩人描繪著夢想，相視而笑。

如果以後也能這樣和他一起歡笑度日，該有多好？

為了達成這個目標，他們必須通過考試，獲取自由。

『……再過不久就是最終考試了。』

半年後即將舉行最後的考試。只要通過那場考試，他們便能離開設施。

『是啊。』緋狼喃喃說道。

這裡的訓練生都是為了追求自由而度過這五年。曾經有雙人組試圖逃脫卻被抓住，送進了禁閉室，後來，他們再也沒有回來。

嚴苛的訓練讓林數度萌生逃離的念頭，每次都是緋狼陪他一起度過難關。緋狼的存在對他而言十分重要，他們同心協力才能撐到現在。緋狼是最棒的搭檔。

『……謝啦，緋狼。』林小聲說道，這是他頭一次如此鄭重道謝，因而有些難為情。『多虧有你，我才能撐到現在。』

『我也一樣。』

緋狼回以笑容。

『最終考試，一起加油吧！』

他朝林伸出右手。

『嗯。』林回握他的手，用力點頭。『我們要一起通過考試。』

『一定要通過考試，然後一起離開這裡。』

他們握住彼此的手，堅定地立下誓言。

下次就是最後了。漫長的五年終於要結束。

他們已經熬過那麼嚴苛的訓練，無論是什麼樣的考試都一定要過關。林有信心，和緋狼聯手絕對沒問題。

——直到那一刻到來。

四局下

——又來了。

最近時常憶起往事，現在居然連作夢都夢見，莫非是什麼預兆？林感到惴惴不安，一覺醒來卻覺得精神萎靡，心情鬱悶無比。

事務所裡不見馬場的身影，似乎是出門了。林聳了聳肩心想，馬場八成又跑去棒球打擊場。

時間剛過中午。今天沒有任何計畫，不如去購物吧。這種時候，大肆採買喜歡的東西是最好的消愁解悶方式。衣服、鞋子和化妝品再怎麼買都不嫌多，而且現在林也有閒錢購買，和必須省吃儉用的從前已經不同。

林脫下被汗水弄濕的T恤，打算換件衣服。穿衣鏡映出自己的裸體。好醜陋的身體——林如此暗想。爬滿全身、數也數不清的舊傷。在培育設施受訓所造成的傷痕，至今仍然殘留在身上。

肋骨微微浮現的側腹上有道格外醒目的傷痕，是拷問的痕跡。

為了防止失手被敵人所擒後輕易招出情報，設施裡也實施了反拷問訓練。

現在回想起來，那真是荒唐的訓練。

首先，教官出示一張紙，紙上隨意寫著某個男人的個人檔案，例如名字、年齡、住址、經歷，訓練生必須在數分鐘內牢記這些資訊，其他人都不知道內容。

接著，訓練生被關進一個小房間裡，和外聘的職業拷問師獨處，接受長達半天的拷問。拷問師出示男人的照片，使用各種手段逼訓練生招出情報。打、踢、砍、刺，施加各種刺激，讓身體記住疼痛的種類。受到什麼樣的拷打，會產生什麼樣的疼痛？只要掌握痛苦的程度，就能控制恐懼——這是教官的理論。

『對抗的不是痛苦，而是恐懼。一旦心生恐懼，口風就會變鬆。別想像。一想像對方即將對你做什麼事，便會輸給恐懼。做好承受痛苦的準備，把拷問納入掌控之中。』

教官是這麼說的。

就連這種課程也要評分。忍耐多久、招出多少情報，以扣分的方式來打分數。所有訓練都很嚴酷，但沒有一種比這門課更令林厭惡。

林當時也很憎恨那個教官。冷酷無情、沒血沒淚的虐待狂，等我離開這裡，頭一個就要宰了你，用你灌輸的技術把你暗殺掉——當時林懷著滿腔怨恨熬過五年的訓練。但說來諷刺，如今教官的教導卻時常派上用場，連拷問課程也不例外。

林換衣服時，突然萌生一個想法：不知現在的自己能否贏得過那個教官？身為一名殺手，可有足夠的本領暗殺那個男人？林很想試試。他有股莫名的自信，認為自己應該辦得到。改天拜託榎田調查教官的下落好了——林打著這種無聊的算盤，獨自竊笑。

不知是不是因為有這種念頭的緣故，林出門以後遇上榎田。

林在ＪＲ博多城的東急手創館裡發現一顆白金蘑菇頭，一看就知道是榎田。榎田還是一樣打扮得很花俏，手上提著購物袋，正要搭乘電扶梯。

「嗨～」

榎田察覺林，悠哉地舉起手打招呼。

「來買東西？」

「嗯，來買新作的材料。」

「新作？」

「紅背蜘蛛型鑰匙圈、紅背蜘蛛型通訊器，還有紅背蜘蛛型手榴彈和紅背蜘蛛型塑膠炸彈。等完成以後，我也會送你一份。」

「……不，不用了。」

手榴彈外加炸彈。他居然連這麼危險的東西都做？林聳了聳肩。榎田是打算轉行當軍火商嗎？

「——啊，對了。」

榎田突然想起一件事。

「你認識姓楊的男人嗎？」

林歪頭納悶。「楊？」

在林的祖國，這個姓氏的人多如過江之鯽，不過，林想不出半個認識的。

「不，不認識。」

聞言，榎田只說一句「那就算了」便離去。

不到三小時，高速船甲蟲號便從釜山駛達福岡。今早抵達博多港的趙與楊分頭尋找情報販子，打聽貓梅和華九會的消息。

傍晚，趙與楊再次會合，地點是從地下鐵大濠公園站步行約五分鐘可達的亞洲料理店。

待鮮紅色雞尾酒和盛著荷包蛋的兩盤印尼炒飯送上桌以後，楊率先開口：

「有什麼收穫嗎？」

趙搖搖頭。他在福岡市內奔走大半天，拷問了兩個情報販子，但是沒得到任何有價值的情報。

「貓梅好像換了名字，現在叫做『林憲明』。哎，我也料到他八成改名字了。」關於貓梅，他只查到這點消息。趙用叉子叉住荷包蛋蛋黃，嘆一口氣。根本是白費功夫，那些沒用的情報販子全被他收拾了。

接著，趙對楊使了個眼色問：「那你呢？有收穫嗎？」

「關於貓梅的買主華九會這個組織，我打聽到一些消息。」

趙探出身子，聆聽楊的話語。

「聽說華九會的幹部最近接連被殺。前些時候，華九會的頭目剛被暗殺，似乎是打算趁機擊垮華九會的敵對組織幹的好事。」

「哦？」

「所以華九會現在透過各大仲介尋找本領高強的殺手，試圖補強戰力，對抗敵人。」

「等等。」趙歪頭納悶。「華九會不是僱用了貓梅嗎？明明有專屬殺手，幹嘛大費周章地另外僱人？」

「大概是因為那個貓梅派不上用場吧。」

──派不上用場？

趙有種自己被否定的感受，不由得沉下臉來。「不可能。」

趙無法接受。他們曾經受過那麼嚴苛的訓練，是鍛鍊有素的精銳，怎麼可能派不上用場？

到底是怎麼回事？趙暗自尋思。貓梅該不會被殺了吧？他已經不在人世嗎？在這種地方胡思亂想，只是浪費時間而已，最快的方法是詢問當事人。

「你能聯絡上華九會嗎？」

「當然。」

無論理由為何，華九會在找殺手，正合趙的意。他可以提供協助，藉此換取林憲明的情報。

「你去告訴華九會，說你的旗下有本領高強的殺手。」

「好，我馬上去。」楊點了點頭，接著又想起一事說：「……啊，對了、對了。老兄，這個給你，或許能派上用場。」

他從懷裡拿出一個小小的黑色塊狀物體。

「這是什麼？」趙歪頭納悶。
仔細一看，是蜘蛛，但一動也不動。是屍體？還是假的？
「聽說是竊聽發訊器。今天和我碰面的情報販子給我的。」
仔細一看，蜘蛛身體的側面有個小開關，電源開著。
「……原來如此。」

✶

馬場和榎田相約在JR博多城的拉麵店裡見面。
「——這麼一提，煙火大會快到了。」
馬場望著牆上的海報，喃喃說道。
他瀏覽著海報上的詳細資訊。日期是八月一日晚上八點到九點半，地點是大濠公園。聽說今年預定施放六千發煙火。
「哦，大濠的啊？」坐在對面的榎田抬起頭來，瞥了海報一眼。「聽說估計有四十五萬人參觀。」
「哦，每年人都很多呀。」

這是福岡市內最盛大的煙火大會，每年到了這一天，去程和回程的周邊道路與大眾運輸都壅塞不堪。

「今年的山笠祭沒去成，看看煙火也好。」

馬場感慨良多地喃喃說道。此時，他們點的兩碗叉燒麵送來了，馬場開動後，榎田進入正題。

「對了，關於上次的事。」

馬場請榎田追查銷聲匿跡的華九會幹部行蹤，這次榎田一反常態地陷入苦戰。

「我的間諜被做掉了。」

榎田養了幾個線人。華九會內部也有他安排潛入的線人，不時將情報外流給他。

「他突然斷了音訊，前幾天浮出海面。報紙上不是也有刊登嗎？『博多灣發現毒殺屍體』。」

「哦，這麼一提……」

馬場有點印象，最近似乎看過這個報導。

「他被嚴刑拷打後，關進毒氣室裡殺掉，屍體故意扔在容易發現的地方。」

「殺雞儆猴的意思呀。」

警告其他內奸背叛組織會有什麼下場。這種方法確實有效。

「我還有另外一個線人，但現在不敢輕舉妄動，因為對方已經在提防了，要他立刻調查幹部的下落有點危險。」

看來獵殺華九會幹部的行動得暫時喊停。

「根據他的情報，有個名叫『進來』的男人負責控管一切，建議幹部暫避風頭的也是他。」

「總之，這陣子先盯著那個叫進來的男人唄，或許他會和幹部接觸。」

「是啊。」榎田也點了點頭。

「進來一有動作，立刻聯絡我，我去跟蹤他。」

「ＯＫ。哎，他們最近好像忙著對付一個叫獸王的組織，應該沒時間對你們下手吧……另外還有個可疑的傢伙。」

「可疑的傢伙？」馬場停下筷子望著榎田。

「有個姓楊的客戶在打聽林老弟的情報。」

「楊？」

「就是這傢伙。」

榎田出示偷偷拍下的照片，但馬場對這個人並無印象。

「這個男人是誰呀？難道是華九會的人？」

「不是，因為他也在打聽華九會的事。」

怎麼回事？馬場歪頭納悶。

打聽華九會的情報，代表楊是敵對組織的人馬？無論如何，如果林被他盯上了，馬場不能置之不理。

「你知道這個姓楊的男人在哪裡麼？」

「當然。」

榎田從包包裡拿出電腦，敲打鍵盤，透過ＧＰＳ追蹤下落。

然而——

「……啊！」

榎田的手指突然停住。

「怎麼回事？」

「發訊器被關掉了。」

「哎呀呀～」

對方似乎發現被人追蹤的事。

「那個男人挺有本事的嘛。瞧他長得呆頭呆腦，沒想到腦筋還不壞。」榎田露齒而笑。「剛才他好像還在大濠，接下來的紀錄就中斷了。」

無可奈何，現在只能暫且放棄。

「哎，即使放著不管，林老弟自己也應付得來吧。」

榎田說道，但馬場並未附和，而是「唔」了一聲，繼續吃麵。

「你這麼擔心他？未免保護過頭了吧。」

「……那孩子最近怪怪的，常常發呆。」

「是嗎？」

「好像在想事情。」

馬場微微地嘆一口氣，咬了口叉燒。

大約一個小時前，有個男人找上進來。

對方是個姓楊的中國人，透過相識的仲介聯繫：「我這兒有個主要在中國活動的殺手，很有本領，不知道你願不願意僱用？」

很有本領的外國殺手——這是個來得及時且求之不得的提議。

他們約好在中洲的某家小酌酒吧見面。進來抵達時，楊已經在角落的包廂喝酒，他的臉紅冬冬，不知是受酒精影響或天生如此。

進來點了飲料後，立刻切入工作話題。

「那個姓趙的殺手厲害嗎？」

這是重點。

「當然。雖然他還年輕，但很有本事。」楊自信滿滿地點頭。「他從九歲開始接受成為殺人兵器的訓練，原本是工廠的商品。」

「工廠的商品……」進來喃喃說道。

——工廠。

進來也略有耳聞，聽說中國的某個省有專門培育傭兵的設施，暗地裡被稱為少年兵器工廠。

「聽說是從世界各地收購貧困的小孩，讓他們接受訓練？」

「沒錯。對象是十歲左右的小孩，訓練期間是五年，只有修完所有課程的人才會透過專屬的人口販子賣到需要戰力的組織。趙也是那個設施出身的，現在他成了自由殺手，沒有加入任何組織，而我是他的仲介。趙從訓練生時代就很優秀，畢業考之後更是突飛猛進，我相信您一定會滿意他的表現。」

進來心想，既然楊如此打包票，就僱用看看吧。而且拒絕的話，他也沒有其他可用的人才。

「順道一提，價碼隨您開。」

「隨我開？」

什麼意思？進來皺起眉頭。這個人不想賺錢嗎？

「這是交換條件。趙在尋找某個男人，他說如果您願意幫他，要他免費殺多少人都行。」

楊喝乾了杯子裡剩餘的酒。

「他是個瘋子。」楊面露苦笑。「從那間工廠出來的人大多瘋瘋癲癲的，要不然也無法在那個地獄般的地方度過五年。」

「是嗎……」進來難以理解。

「還有，這個姓趙的男人身世比較特殊，所以性格很彆扭，不知道是不是因為這個緣故，有時他表現得有些殘酷，而且不擇手段……哎，換句話說，是個非常優秀的人才。」楊露出啟人疑竇的笑容。

身世特殊，性格彆扭——聽起來是個麻煩的傢伙，進來略感不安。

「那間工廠都在幹什麼事？」

進來突然感到好奇。短短五年就讓孩童變得如此瘋狂的設施，環境究竟有多麼惡劣？

「簡單地說，就是打著訓練的名義進行洗腦和體罰。」

楊滿不在乎地說道：

「進入設施的頭兩年主要是培養基礎體能，當然，也鍛鍊頭腦。為了讓這些孩子能夠活躍於全球各地，從小就教導他們英語、日語及西班牙語等各國語言。等到體能養好了，再開始進行實戰訓練，並教導他們武器的相關知識。」

「……原來如此。」進來沉吟。他說不出其他話語。

那是個難以想像的世界。收購年幼的孩童，施行嚴酷的訓練，將他們培育成殺手。

「在設施裡，一向是兩人一組行動，關在同一間牢房裡，二十四小時形影不離，和室友建立友情、排遣寂寞、互相鼓勵，一同克服艱難的訓練；無論做什麼事，都是同甘共苦，也要負連帶責任。其他小組是競爭對手，所以幾乎沒有交流，只有同房的搭檔是唯一的聊天對象，唯一的朋友。」

楊很多話，似乎不是因為喝了酒的緣故。他得意洋洋地繼續說道：

「就這樣，五年後，他們迎接畢業考，只有通過這場考試的人才能離開設施。合格率大約百分之五十，是一場殘酷的試煉。」

「百分之五十……平均兩人只有一人能夠通過考試？」

「對，平均兩人只有一人能夠通過。」楊點了點頭，接著又咯咯笑起來。「二取一，說來也是理所當然。」

他陰森森地歪起嘴唇。

「因為同房的人必須自相殘殺。」

「——咦？」

進來反問，楊又重複一次：「那些小孩必須自相殘殺。」

進來感到毛骨悚然。多麼瘋狂的世界啊！雖然處於他這種立場的人，或許沒資格這麼說。

楊瞇起一雙瞇瞇眼說：

「和同房的搭檔戰鬥，誰先殺死對方就合格——這是最終考試的內容。」

五局上

『——現在開始進行最終考試。』

從揚聲器傳來的教官聲音比平時更加冰冷。

這個時刻終於來臨，最後的考試即將展開。然而，牢門依舊緊閉，林這些訓練生仍然被關在牢房裡。

不久，幾道腳步聲傳來。守衛們來到牢房前，把武器從鐵欄杆的縫隙間扔進來。刀子、短刀、斧頭、棍棒等各種凶器被雜亂無章地扔入牢房裡，在林與緋狼之間鏗鏗鏘鏘地滾動。

這是什麼意思？接下來要做什麼？林歪頭納悶，訝異地皺起眉頭，與緋狼面面相覷。

『沒有時間限制。』

教官的聲音透過麥克風響徹整棟監舍。

『——誰先殺死對手，就能通過考試。』

難以置信的話語從揚聲器冒出來。

『……咦？』

林懷疑起自己的耳朵。

『騙人的吧！怎麼會……』

誰先殺死對手，就能通過考試──剛才教官確實是這麼說。

緊閉的牢門，被關住的兩個訓練生，配給的武器。

──難道是要我殺死緋狼？這就是最終考試？

面對意料之外的事態發展，林的臉龐倏地僵硬起來。他無法相信，也不願意相信教官的話。

同時，他又有種恍然大悟的感覺。原來如此，林終於明白當時察覺到的異樣感從何而來。

林早就覺得奇怪了。

剛來到這座設施時，教官所說的話：『不要信任別人，能夠相信的只有自己。這會成為你在這座設施的教訓。』當時是這麼說的。但之後，教官又說了這番話：『同心協力，互相幫助，努力受訓。』

兩段話顯然互相矛盾。不能信任別人，又要和人同心協力、互相幫助？

當時，教官就已經對他們暗示答案了。

今後永遠都得在孤獨中奮戰下去的訓練生，不許與人交流的兵器預備軍。然而，牢房卻是雙人房，過著與搭檔形影不離的生活。同心協力，並負連帶責任。

原來一切都是為了這一天——林一陣愕然。這確實是那個心思縝密又冷酷無情的男人想得出來的把戲。

『欸、欸……這是在開玩笑吧？』

緋狼露出僵硬的笑容。他的臉龐逐漸抽搐扭曲。

『不問手段，包含配給的物品在內，使用任何武器都可以。好，開始吧。』

廣播到此結束。

『別鬧了！』

緋狼對著牢外大叫，抓住鐵欄杆用力搖晃。

『叫我們自相殘殺？別說笑了！』

然而，沒有人回應。通道上的守衛只是用冰冷的視線俯視大呼小叫的緋狼。

『……混蛋！』緋狼捶了鐵欄杆一拳，當場跌坐下來。『豈有此理……』

林茫然呆立，凝視著緋狼的背影。

緋狼是一路扶持至今的唯一夥伴，也是林交到的第一個摯友，親如家人兄弟，現在竟然要殺他？這五年來忍受各種磨難，就是為了殺他？為了這種無聊的理由？一股怒火逐漸冒上來，林幾乎快發狂。

林壓抑情感，搖了搖頭。

不行，他不能殺緋狼。

他不想殺緋狼，絕對不殺。他們約好了，要一起離開這裡。

『——緋狼。』

林對著緋狼顫抖的背影說道：

『我們要一起活下去。』

他的語氣十分堅定。

緋狼回過頭來仰望著林。『……可是，該怎麼做？』

『想辦法逃出這裡。』

林從扔入牢房的武器中撿起斧頭。

『用這個把欄杆砍壞。以我們的體格，可以從窗戶鑽出去。』

林舉起斧頭，朝著鐵欄杆的鎖扣不斷地砍。鏗！鏗！金屬聲響徹四周。快壞掉，快壞掉——林用力敲擊鐵欄杆。他們必須逃離這裡，無論使用任何手段。林拚命地揮動斧頭。

就在這時候——

背後突然竄過一陣劇痛。

『噫！』

林痛得皺起臉龐，回過頭來。

只見緋狼站在身後。

他手上握著刀子，刀刃被鮮血染紅。

『緋、狼……？』

林瞪大眼睛。

鮮血從林的背部滴落地板，林搖搖晃晃地跪下來。

『你——』

——拿刀刺我？

林不敢相信。

面對啞然無語的林，緋狼咂了下舌頭。

『……唉，都是因為你亂動，害我沒刺中要害。』

『為、什麼——』

為什麼這麼做？

『為什麼？因為這就是這場考試的目的啊。』緋狼嗤之以鼻。

林瞪大眼睛，無法理解，腦筋完全轉不過來。緋狼到底在說什麼？

面對滿心困惑、動彈不得的林，緋狼的臉上浮現嘲弄之色。

『我就大發慈悲，告訴你這隻被蒙在鼓裡的可憐蟲吧。之前我不是說過，同房的人自殺了嗎？其實他不是自殺，而是被我殺掉的。是我勒死他，把他吊起來。』

『咦……』

緋狼一面用熟練的手法轉動刀子，一面繼續說道：

『我偶然聽見守衛他們在聊天，說最終考試是要讓同房的人自相殘殺。只要室友死了，我就合格了，所以我才殺死他，並偽裝成自殺。我本來以為這樣就可以不用考試。』

笑容突然從緋狼的臉上消失，他用冰冷銳利的目光俯視著林。

『可是，你卻來了。補缺？別鬧了，那我之前不就是做白工？我本來想把你一併做掉，最後還是算了。畢竟要是兩個室友都接連自殺，鐵定會懷疑到我的頭上。』

『你、你騙人！』林皺起臉龐，搖了搖頭。

林不願相信緋狼竟然一直想殺掉自己。他可是林唯一的好友與搭檔啊！

難道一切都是假的？緋狼的笑容、話語和約定都是虛情假意？

『……真是笑死我了，你居然這麼輕易受騙，根本不適合當殺手。』

緋狼用刀尖指著林。

所以啦——他繼續說道：

『還是讓我活下來，代替你成為優秀的殺手吧。』

緋狼撲向前來，抓住林的肩膀，把林壓倒在地。

他高舉右手的刀子，再度譏嘲：

『——再見啦，貓。』

五局下

「——林，小林！」

肩膀被抓住，林猛然睜開眼睛。

「……沒事唄？」眼前是馬場的臉龐。「你一直在呻吟。」

林轉動視線，確認周圍。右側是電視和矮几，正面是屏風，左側是櫥櫃，這幅光景他再熟悉不過。林就躺在馬場偵探事務所的沙發上。

原來是夢啊，林吁了口沉重的氣。

「沒事唄？」馬場再次詢問。

「……嗯。」林的嗓子有些嘶啞。「沒事。」

林滿身大汗，不知是因為暑氣還是惡夢所致，渾身濕答答的，令人不快；氣息也變得紊亂，心臟撲通狂跳。

「作了惡夢麼？」馬場望著林的臉龐問道。

——啊，對，這是惡夢。

明明只是一場夢，卻讓林心亂如麻。當時的光景在腦海中重現，畫面出奇鮮明。那一天發生的事早該遺忘，卻烙印在眼底揮之不去。

「……我去沖個澡。」

林推開馬場，從沙發起身，一聲不吭地走向脫衣所。

心臟依然大聲鼓動著。為了讓自己冷靜下來，林迎頭淋了一身水。他用蓮蓬頭沖掉汗水，恨不得連那天的記憶也一併沖走。

六年前，在工廠發生的那件事——好友的背叛，在林幼小的心靈留下深刻的傷痕。從前，林時常夢見當時的情景，那件事糾纏他的記憶許久。他原本以為自己總算忘懷，已擺脫束縛。

剛才被馬場抓住的肩膀依然留有餘溫，就像燒傷一樣發燙。仔細一看，肩膀到上臂之間還留著指痕。

馬場抓得如此用力，又一再呼喚他的名字，自己居然沒有立即從夢中醒來，實在太反常。是因為自己深陷於往事之中？還是感覺變遲鈍？

太窩囊了，根本沒資格當殺手。倘若對方不是馬場而是敵人——林如此想像，不禁毛骨悚然。若是如此，他大概輕易被殺了吧。完全沒察覺有人要殺害自己，死得不明不白。

「……我最近實在太鬆懈。」

林撩起潮濕的頭髮，喃喃自語。

『——別放鬆戒心。不要信任別人，能夠相信的只有自己。』

教官的話語閃過腦海，林心念一動。

——倘若對方不是馬場而是敵人？

他在說什麼？

馬場不見得是朋友。

仔細想想，自己對於馬場一無所知。馬場在哪裡出生？從前過的是什麼樣的生活？為什麼當殺手？有什麼目的？當時為何救林？

信任一個來歷不明的男人，與他共同生活；因為他對自己好，便放鬆戒心，對他毫無防備。

——這樣的狀況簡直和六年前一模一樣。

又想吃同樣的苦頭嗎？林如此自問，搖了搖頭。

「……我是白痴嗎？」

應該多加提防的。或許某一天，馬場會突然持刀相向，因為林就是活在這樣的世界裡。

不安頓時萌芽。搞不好哪天又會被背叛——如同緋狼那時候背叛他一樣。不能繼續待在這裡了。林突然感到恐懼，彷彿腳下不穩，一股無助感襲向他。他得快逃，在被人背叛之前逃走。

是時候了。

林旋緊水龍頭，關掉蓮蓬頭的水。

當他穿好衣服出來時，事務所裡已經不見馬場的蹤影。桌上留了張紙條，上頭只有這段文字：『我去工作，可能會晚點回來。』馬場似乎是出門了。

正好，不用被問東問西。

林收拾行李，在那張紙條的背面寫下：『謝謝你的照顧。』

進來在指定的地點——天神地下街南側某家有冷氣的咖啡店裡，邊喝咖啡邊等了十五分鐘後，對方總算現身。

「——你就是進來？」

透過楊介紹而來的殺手趙是個比預料中更為年輕的男人，看來只有二十歲左右，搞不好尚未成年。沒問題嗎？進來感到不安。

趙往對面的位子坐下。

「你臉上寫著：『這種小鬼沒問題嗎？』」

他咯咯笑道。

「不，沒這回事……」被說中了心思，進來不禁結巴。

進來重新打量這個姓趙的男人。他的體格並不高大，身材中等，留著一頭衝天的紅色短髮；五官雖然端正，臉上卻有一道縱向劃過左眼的縫合傷痕。仔細一看，左右眼的眼珠顏色有些微差異，右眼是褐色，左眼卻是沒有光澤的黑色，或許是義眼吧。

身上的衣物則是相當簡樸，上身是坦克背心，露出了雙肩，上臂刺有條碼狀的刺青，下身則是修身牛仔褲，腳上穿的是設計粗獷的運動鞋。乍看之下是個隨處可見的年輕人，卻有一股獨特的氛圍。

雖然楊說趙的性格彆扭，但說來意外，趙是個表情豐富的男人，總是嘻皮笑臉，每說句話都要面露微笑，甚至放聲大笑。然而，他瞇起的眼睛深處沒有笑意，是個讓人摸不透心思的詭異男人。

結束觀察後，進來切入正題。「上次說的是真的？」

「上次說的？」

「酬勞，真的任我開價沒問題？」

「對。」

趙點了點頭，態度乾脆得令人錯愕。

「價碼開多少、要我殺幾個人都行，只不過你得先答應我的條件。」趙擅自喝光進來的咖啡，繼續說道：「我要你幫我找人。」

「找人？」

趙拿出一張照片，放到進來眼前。「你對這小子有印象吧？」

那是個年輕男子的照片，還是個孩子，年紀大約十五、六歲，留著及肩的長髮。外貌特徵雖然明顯，但是進來毫無印象。

進來搖了搖頭。「不，沒印象。」

只見趙的表情變了，似乎不滿進來的答案，不悅地皺起眉頭。

「怎麼會沒印象？這是你們僱用的殺手。」

就算他這麼說，但進來真的毫無印象。從Murder Inc.僱來的殺手中有這個男人嗎？不，進來確認過所有人的臉孔，並沒有這樣的少年。

或許是某人私下僱用的殺手。

「不是我僱的，我不知道。」

趙嘆一口氣，用略帶焦躁的聲音問：「就算你不認得，應該查得出來吧？」
「是啊。」只要問問幹部，馬上能得到答案。
「我要和這個男人見面。找出他的雇主，替我安排會面。只要能夠見到他，我就按照你的希望替你工作。當然，不用付我酬勞。這就是我的條件。」
「……你為什麼想見這個男人？」如此大費周章的理由是什麼？
「這小子是我以前的朋友，六年前分開後再也沒見過面，我一直在找他。我有很多話想跟他聊聊。」趙露出意味深長的笑容。
進來思索片刻後，點了點頭答應：「好吧。」這項交易不壞，不，是好極了。對方的要求很簡單，只要交出一個殺手即可，他無須冒任何風險。
「不過，在那之前——」
進來必須試試這個姓趙的男人是否真有本事。要是那個可疑的仲介塞了個草包給他，他可敬謝不敏。
「啊，我懂、我懂。」趙打斷進來的話頭。「你想叫我證明自己的實力給你看，對吧？」
這男人一點就通。進來點了點頭。「嗯。」
「所以呢？我該怎麼做才能合格？」

進來簡單地說明事情的來龍去脈。「我們的幹部這幾天接連被殺，經過我的調查，得知是一個叫做獸王的組織派出的殺手。」

「哦，獸王啊？他們最近是有點得意忘形。」聽趙的口吻彷彿很了解獸王。「給他們一點教訓吧。我會潛入他們的根據地，提幾顆人頭回來。」

「不行。」

若是如此挑釁，或許會激怒對方，到時遭受報復，困擾的反而是自己。

進來說明後，趙也明白了。「換句話說，只要牽制敵人就夠了。」

「嗯，可以這麼說……」

趙誇下海口：「我會讓獸王不敢再招惹你們。」

「該怎麼做？」

「我自有妙計。」趙換成淺坐的姿勢，往前探出身子。「他們的資金來源是藥物，一定有用來藏藥的地方。」

「這我已經查到了，他們好像有倉庫。」

「在哪裡？」

「博多碼頭附近。」

「好。」趙站起來。「替我備車，要那種可以坐好幾個人的車。當然，還要附上司機。」

「我來開車吧。」進來也站起身。

「哦？」趙面露賊笑：「你嗎？」

「開車是我的專長。」

這是場面話，其實進來自告奮勇當司機，是為了就近監視這個男人，好知道他有什麼企圖、打算採取什麼行動。

進來照著趙的要求，準備一輛八人座的黑色旅行車。趙只帶了把中國刀便坐進副駕駛座。接下來要直搗敵營，他卻是一身輕裝。

車子開了二十分鐘以後，大海映入眼簾。大大小小的船隻浮在海面上，倉庫沿著海邊並排而立，其中之一是獸王的倉庫。

抵達目的地後，進來把車停在附近的建築物後方。

他在車上監視了片刻。

「……有卡車來了。」

一輛卡車在獸王的倉庫前停下來。

「應該是來運送藥物的吧。」

幾個男人從倉庫裡走出來，趙默默無語地看著他們交談。

過一會兒，鐵捲門上升，卡車駛入門內，眾人開始把紙箱搬上車。包含卡車司機在內，人數共有五人。

「五個人啊？哎，應該沒問題吧。」

趙終於開了口。

「你就坐在這裡看好戲吧。」

他留下這句話便逕自下車，拿著中國刀走向倉庫。難道他打算單槍匹馬闖入敵營？而且武器只有一把刀？進來不禁瞪大眼睛。

轉眼間——

眾人察覺趙的存在時，他已經鑽進鐵捲門，入侵倉庫。他從背後偷偷靠近離他最近的男人，割斷對方的喉嚨。

同夥突然死在眼前，其他人全都慌了手腳，有人赤手空拳地攻擊趙，有人慌忙逃走，還有人急著打電話，大概是在呼叫增援。

趙先攻擊撲向自己的男人。他鑽過對手身側，閃開攻擊，繞到背後，從背部刺穿對手的心臟。接著，趙把中國刀扔向逃走的男人。刀子朝著男人一直線飛去，刺入腿部後側。他走向倒地的男人，拔出插在腳上的武器，男人放聲哀號，趙反手持刀，直接貫穿對方的心臟。

剩下的兩人都軟了腳，動彈不得。趙分別給兩人的臉龐和心窩一拳，打昏他們。

接著，趙朝進來揮了揮手，示意他把車開過來。

進來依言而行，把車重新停在倉庫前並下了車。

「……這麼做真的沒問題嗎？」

進來瞥了血沫四濺的倉庫一眼，皺起眉頭。居然鬧得這麼大，進來感到不安，但願敵人不會進行報復。

相反地，趙卻是泰然自若。

「把這兩個傢伙放上車。」趙用下巴指了指兩個男人。他只留兩個活口，其中一人右手握著手機。

「他好像呼叫增援了。」

「哎，只是白費功夫而已。」趙一笑置之。

進來分批扛起兩個男人，把他們放進車子後座。

「或許會有援兵趕來，快逃吧。」

進來說道，但趙並未理睬，而是在屍體旁邊蹲下。

「你在幹什麼？」

「順便拿些戰利品。」

仔細一看，他正在替屍體搜身。他從死者的皮夾裡抽出鈔票，毫不客氣地塞進自己口袋裡。真是個讓人傻眼的男人。

「快點上車。」進來只想早一刻離開這裡。無論是一般人或獸王幹部，要是被人發現可就麻煩。「先逃再說。」

然而，趙仍充耳不聞，並未聽從進來的警告，而是悠哉地遊走於屍體之間，搜刮值錢的物品。這傢伙的手腳不太乾淨。

進來嘆一口氣。看來還得耗上好一陣子，因此他先行坐上駕駛座。

之後，猿渡始終未能查出華九會幹部的下落，無法進行暗殺而閒得發慌。

他住在福岡市內的飯店，等待委託人的下個指示。此時，新田聯絡他，是緊急呼叫，說獸王的倉庫遭到攻擊。

『你現在立刻去助陣，我隨後也會趕過去。』說著，新田告知他倉庫地址。

猿渡正覺得無聊，自然是喜孜孜地回答「包在咱身上」，立即衝出房間坐上計程車，並催促司機開快點。目的地是博多碼頭一帶，距離飯店約有五分鐘車程。

然而，猿渡趕到現場時，已經太遲了。

倉庫的鐵捲門是拉開的，裡頭躺著幾具疑似獸王成員的屍體。

一個男人佇立於屍體旁。

對方察覺猿渡的氣息，回過頭來。那是個年輕男人，年紀應該比猿渡小，右手上握著一把刀，彎曲的寬刃刀上沾染了黏稠的紅色鮮血。這個男人就是攻擊倉庫的凶手嗎？

「唉～」男人望著猿渡，聳了聳肩。「有人來礙事了。」

猿渡提高警戒，把手伸向藏在上衣裡的忍者刀。

「……殺掉這些人的是你？」

猿渡握緊刀柄，瞪著對手。

男人露出挑釁的笑容。「如果我說是，你打算怎麼做？」

「──扁你一頓。」

猿渡拔出刀來，一瞬間便衝向對手的懷裡，挺刀直刺男人的胸口。只見白刃一閃，忍者刀和男人的武器互擊，抵銷彼此的攻擊力道。

就在猿渡打算再次進攻時，男人的遠處後方──海上似乎有什麼東西在發光。

有人——猿渡暗想。看起來像是透鏡反射的光芒，莫非是來福槍的瞄準鏡？

就在猿渡分心的這一瞬間，對手已然逼近眼前。猿渡連忙退後一步卻滑了腳，身體突然傾斜。糟糕，地面是濕的，他似乎踩到積血。猿渡就這麼往前倒下。

正當猿渡打算使用刀鞘支撐身體的瞬間……

「——喂喂，你是外行人嗎？」

耳邊傳來這道聲音。男人噗哧笑了出來。

接著，一股衝擊從側面襲向猿渡，是迴旋踢。猿渡被踢到倉庫外，在混凝土上滾了幾圈後，才勉強踩住岸壁重新站起來。

猿渡突然感覺到另一股氣息——還有一個人。紅髮男人以外的人影閃過視野邊緣。

原來他有同夥？猿渡咂了下舌頭。剛才的光就是這個人？

那個男人從旅行車後方舉槍瞄準猿渡，並立刻扣下扳機。槍聲響起，猿渡及時往後跳閃過子彈，以背部朝下的姿勢掉進海裡。只聽見撲通一聲，水花猛烈濺起。

一瞬間，海水包圍了猿渡，溫熱的觸感和潮水味纏繞身體，令他無法呼吸。

——糟糕，咱不會游泳。

猿渡揮動雙手，讓身體往上浮，設法把頭探出水面。遠遠地可望見旅行車疾馳而去。混蛋，被逃走了。

衣服吸了水變得沉甸甸的。好重，就像鉛錘一樣。再加上全身上下暗藏的武器，讓猿渡的動作變得更加遲緩。身體再度沉入水中，逐漸被拉進海裡。

這時候，一隻手伸進水中。

某人的手掌抓住猿渡的手臂，用力將溺水的他拉上來。

「噗、哈……」

猿渡把臉探出海面，只見眼前有艘白色小船，船上的男人一手抓著他，又把另一隻手伸給他。

猿渡握住男人的手爬上船。那是一艘長約兩公尺的簡樸釣船，猿渡的體重壓得船身大大搖晃。

「咳、咳、咳咳、咳咳！」猿渡連咳了好幾口水。海水灌進鼻子裡，刺得他眼睛發疼。「咳咳、咳咳！哈，哈……」

總算是保住一條命。

猿渡還以為是路過的漁夫救了他。

「哇，釣到大魚啦。」

誰知從頭頂上落下的竟是耳熟的博多腔。

猿渡猛然抬起頭，視線轉向男人。

「你怎麼會在這裡！」

救了猿渡的是馬場。

「這句話是我要說的。」馬場聳了聳肩。「你在這種地方做啥？」

船上有副望遠鏡。猿渡明白了，剛才發光的是這玩意兒。這個男人在監視他們。

「……囉唆，誰要告訴你？」

馬場把臉湊向猿渡。「哎呀，別這麼說唄，我們來交換一下情報。」

「啊？憑什麼要咱跟你合作？」

「哦……你居然敢說這種話？」

馬場面露賊笑，下一瞬間——

「啊！」

猿渡被用力推開，頓時失去平衡，身體一斜掉進海裡。只聽見撲通一聲，又是水花四濺。

再度落海的猿渡連忙抓住船緣。

馬場從船上俯視他說：「如果你老實跟我說，我就救你。」

——混蛋，這個王八蛋。

「……少得意忘形。」

猿渡伸出手，抓住馬場的衣服用力一拉。

「哇呀！」

這回輪到馬場失去平衡掉下船，隨即又濺起一人份的水花。

✱ ✱

馬場根據榎田的線人提供的情報，得知進來前往獸王的倉庫，便先一步藏身於附近的小船上，窺探情況。

只見事態往意料之外的方向發展。進來帶來的男人開始殺害獸王的成員，接著又有另一個男人現身，居然是猿渡。馬場屏氣凝神，靜觀他們交手。後來，進來等人逃走，馬場救了掉進海裡溺水的猿渡，誰知最後落得這種下場。

「……都是你，害我變成落湯雞。」

馬場擰著脫下的襯衫，皺起眉頭。

「這句話是咱要說的。」猿渡回瞪他一眼。

兩人一起落海，在海裡鬥了好一陣子，互不相讓。再這樣下去，不知何年何月才能離開水裡，無可奈何之下，他們只好妥協，互相提供情報。

「所以你在那種地方幹啥？」
「咱是被叫來的，說是受到敵人攻擊，要咱來助陣。」
「被叫來？被誰呀？」
「委託人。」猿渡冷淡地回答。「其他的咱不能說。」
「是獸王麼？」
「……」
似乎說中了。
「你受僱於獸王？哦，難怪要殺金。」
「……原來你早就知道了？」
猿渡死了心，索性承認，大概是認為再隱瞞也無濟於事。
「別說這個。那兩個人是什麼來頭？」
猿渡詢問，這回輪到馬場回答。
「一個叫進來，是華九會的人，就是對你開槍的那個。另一個我不知道。」
「鐵定是華九會僱來的殺手。他感覺就像個殺手。」
猿渡說道。雖然這只是基於直覺所做的推測，但應該八九不離十。
「……咱一定要痛扁那個紅毛小子一頓。」

猿渡似乎想起剛才的事，沉下臉來，緊握拳頭。

進來一面用冒汗的手轉動方向盤，一面側眼瞪視副駕駛座上的男人。

「都是因為你拖拖拉拉的，才會遇上不必要的麻煩。」

沒想到敵人居然這麼快就趕來，而且是那個殺手——潛水艇忍者。

「剛才的男人……」趙用手肘抵著窗戶，拄著臉頰說道。他在笑。「就是獸王僱用的殺手？只是隻糊塗蟲嘛。」

一看見出現於倉庫的男人，進來便立刻認出對方。是那小子——當進來回過神時，已經離開駕駛座拿出槍。這是報一箭之仇的大好機會。進來藏身於車後，槍口瞄準男人；對方轉過頭來，察覺到他的存在，立即採取行動。別想逃——進來扣下扳機，男人的身體被彈開，掉進海裡。子彈看起來似乎打中了，他應該沒有失手。

雖然想確認那個男人的生死，但進來察覺到其他敵人的氣息。繼續留在原地太過危險，他立刻發動車子，載著趙離開倉庫，一路疾馳，直到現在。

「這兩個傢伙該怎麼辦？」

進來用拇指指著後座。綁來的兩個男人仍然放在後座上。

「你們有牢房嗎？」趙提出一個莫名其妙的要求。「最好是有鐵欄杆的那種。」

進來思索片刻，想到一個合適的地方。「總部的小屋裡倒是有個籠子。」

「籠子？」

「之前我們會長為了養老虎而蓋的。」但是老虎沒多久就死了。

趙說道：「帶我去那裡。」

抵達總部後，進來立刻把兩個男人搬下車。他們依然處於昏迷狀態。進來將兩人關進籠子裡並上了鎖。

趙從外頭望著籠子，勉為其難地妥協：「太大了一點……哎，算了。」

馬場偵探事務所原本就有廁所和流理台，可是沒有浴室。林一開始借住就老是嚷嚷：『居然沒有浴室？太扯了！』去年初冬，他未經馬場允許，便擅自找來業者改建。業者隨即加裝浴缸和蓮蓬頭，脫衣所與浴室就在事務所的一角落成了。馬場見林居然如此自作主張，驚愕不已，林卻用鼻子哼一聲說：『我已經徵得管理人的許可，而且錢是我付的，別抱怨。』馬場無法反駁，只能苦著一張臉。

職場兼住家的事務所變得與從前截然不同。被擅自改建、添購家具，不屬於自己的私人物品越來越多。另一方面，由於同居人愛乾淨，垃圾不再堆積如山。馬場的生活作息也有所改變，自從浴室落成以後，他就鮮少去公共澡堂。

和猿渡分別後，馬場立刻前往超級澡堂，想快點沖洗泡過海水的身體。來到睽違已久的公共澡堂，他忍不住多泡了些時候，險些泡昏頭。

馬場回到事務所時，夜已經深了。雖然被猿渡害成落湯雞，不過偶爾可以在澡堂悠悠哉哉地泡澡也不壞。馬場滿心愉悅地打開了門。

「我回來啦～」

沒有回音。雖說平時向來如此，可是今天屋子裡似乎格外安靜，連電視聲也聽不見。

「小林？」

馬場再次呼喚。

「──哎呀？」

浴室和廁所裡也不見同居人的身影。

「……小林不在。」

馬場喃喃自語，歪頭納悶。他出門了嗎？平時這個時間，他都在看電視。
馬場在桌上發現一張紙條，是今早馬場留下的，現在被翻到了背面。
謝謝你的照顧——上頭用潦草的字跡寫著這句話。

趙握著中國刀，猛烈敲擊鐵欄杆，刺耳的金屬聲響徹四周，籠子裡的男人們恢復意識。然而，他們似乎不明白自己身處的狀況，一臉錯愕地環顧周圍。
「——醒了啊？」
趙從欄杆外對他們說道：
「這裡是華九會總部，你們被敵人俘虜了。」
聽見華九會三字，兩人的臉龐倏地僵硬起來。
「想活命，方法只有一個——自相殘殺。」
什麼？進來瞪大眼睛，聽見這個命令的男人們也大吃一驚。
「用這個殺死對方。」趙從鐵欄杆的縫隙扔了兩把野外求生刀進去。「誰贏了，我就放他走。」

刀子滾到男人們的身旁，但沒有人伸手撿刀。

「少、少開玩笑！」

「我們怎麼可能這麼做！」

男人們的怒吼響徹寬敞的室內。

「哈，偽君子。」趙咯咯笑起來。「不快點動手，你們兩個都得死。」

這個男人在想什麼？

進來側眼望著趙，看見他的表情不禁毛骨悚然。趙瞪大眼睛、嘴角上揚、面帶笑容，就像個惡魔一樣。他顯然以現在的狀況為樂。

如楊所說，這個男人瘋了。

「嗚！啊啊啊！」

一個男人突然大叫著拿起刀子，不是朝向另一個男人，而是朝趙衝來。他從鐵欄杆之間伸長手，試圖揮砍趙的臉龐。

「你這個！王八蛋！去死吧！」

然而，他的刀子碰不著趙，只是在趙的面前砍空氣而已。

趙默默地望著男人，笑容從他的臉上消失。他冷眼看著男人毫無意義的抵抗。

片刻過後，趙不快地喃喃說道：「……真是個無聊的傢伙。」

他毫不容情地揮刀砍斷男人的手臂。

「嗚、啊啊！」男人摀著手臂跪下。

趙把刀刺進欄杆縫隙間，貫穿痛得只能悶哼的男人喉嚨。他手腕一扭，男人的頭顱被硬生生地砍斷，滾落到地上。

趙揮了揮刀，甩落鮮血。

「恭喜你，你是贏家……哎，是不戰而勝。」他把視線移向另一個男人說道：「贏家有獎品，記得帶回去跟朋友炫耀啊。」

看見渾身濕答答的猿渡，新田瞪大眼睛詢問發生什麼事。老實說，猿渡不想回答。

「有人溺水，咱救了他。」

「咦？」

聞言，新田高聲驚叫。

「猿仔，你會游泳了？什麼時候學會的？高中的時候你是旱鴨子耶。」

「……囉唆。」

「啊，這麼一提，猿仔，游泳課計時的時候，你是班上唯一使用浮板的。」新田想起往事，不禁噗哧一笑。

猿渡怒火中燒。混蛋，這隻四眼田雞。「不是叫你別囉唆嗎！」

他輕輕揍了新田的心窩一拳。新田微微呻吟，當場蹲下來。

這時候，劉來到倉庫。

四處倒臥的同夥屍體，被翻得亂七八糟的商品，染血的牆壁與地面。目睹這般慘狀，劉難掩憤怒之色。

「……這是怎麼回事？」一抵達現場，劉便立刻責備猿渡：「有你在場，竟然還變成這樣？」

「怎麼可能？」猿渡不以為然地皺起眉頭，一面擰乾脫下的坦克背心一面反駁。「咱趕到的時候，他們已經全都死了。是你太晚通知。」

「是啊。」新田也點頭。「一接到通知，我就立刻派他過來，但是晚了一步。」

劉微微咂一下舌頭。

「一、二、三……」他計算現場的屍體，歪頭納悶。「……奇怪，少兩個人。」

包含倉儲人員與司機在內的五個人中，有兩個人不見了。他們跑去哪裡？逃走了嗎？還是被敵人帶走？

現場一陣靜默。這時候——

「劉、劉先生……」

一道呼喚劉的細微聲音傳來。

倉庫入口有個男人抱著箱子佇立，似乎是劉失蹤的部下，神色有些不對勁。

「你跑到哪裡去？」

「……被華九會的人抓住了。」男人看起來疲憊不堪。

根據他的說法，事情的經過如下。

他和平時一樣看守倉庫。載運藥物的卡車到了，他便拉起鐵捲門放車子入內。在他們開始裝貨時，一個同夥在眼前被殺，不知幾時間，有個陌生男子站在一旁，是個紅髮的年輕人，手上拿著刀。

「紅髮的年輕人？」猿渡插嘴問道。「和咱看見的是同一個人。」

紅髮男人逐一殺了獸王的人，並打昏剩下的兩人，把他們綁去華九會總部。

「他命令我們自相殘殺。可是，這小子反抗他……」

部下再也說不出話，垂著頭遞出手上的箱子。那是個邊長一公尺的紙箱，大概是敵人要他帶回來的。乍看只是個普通的紙箱，但處處染了紅色，箱底還淌著紅色液體，給人一種不祥的預感。

箱子用膠帶封得牢牢的。劉掀開箱蓋一看，整張臉都僵硬了。

「這是——」他啞然無語。

箱子裡是人頭，而且是同夥的人頭，被帶走的另一個人。

「那個混蛋，簡直把人瞧扁了。」

猿渡咂了一下舌頭，心裡很不痛快。他有種被人輕視的感受，紅髮男人嘲笑他是外行人的聲音至今仍在耳邊縈繞不去。

「交給咱，咱現在立刻去他們的巢穴把他們全宰光——」

「等等！」

劉高聲說道，制止性急的猿渡。

他再度確認箱中，發現頭顱的嘴邊有道光，似乎叼著什麼。仔細一看，嘴唇中間夾著一只附有大顆寶石的戒指。

劉似乎認得那只戒指，臉色大變。

「暫時別對華九會動手。」

「啊？」聞言，猿渡皺起眉頭。「你說什麼？」

這是宣戰布告，對方在挑釁，若不反擊，豈不是顏面掃地？

然而，劉完全失去了戰意。

「千萬別動手。」劉無力地重複。「這是命令，照著我的話去做。」

什麼意思？別鬧了，好不容易可以大開殺戒啊。讓他等了這麼久，最後卻叫他別動手？

那個紅毛小子的臉龐閃過腦海。吃了那小子的悶虧，卻不能還以顏色？少開玩笑！

猿渡帶著無處宣洩的焦躁，踹了附近的牆壁一腳。

獸王提議停戰，是在送出頭顱約兩個小時以後。對方的態度突然轉趨溫和，並主動提出會面時間，表示有意講和。

聞言──

「瞧。」在總部事務所的客廳裡休息的趙，露出得意洋洋的表情。「進行得很順利吧？」

趙誇下海口，說要牽制敵人，結果事態果然全照著他的計畫發展。真是不可思議。

「你玩了什麼把戲？」進來在趙的對面坐下，如此追問。

「沒什麼大不了的。之前，我殺了獸王的幹部，那是中國最大的地下組織提出的委託。那只戒指是我在那時候搶來的，是幹部才有的特別訂製品。」

這麼一提，趙放了一只看來相當昂貴的戒指在頭顱的嘴巴裡。

「哎，所以我在獸王那裡可說是小有名氣。現在我替華九會做事，你覺得他們會怎麼想？」

進來思索片刻後，開口說道：「……認為那個大組織和我們結盟了？」

「沒錯。」趙點了點頭，繼續說道：「他們忌憚根本不存在的後盾，所以不敢輕舉妄動。這麼一來，你們就能過上好一陣子的和平日子。」

「原來如此。」進來沉吟道。

看來自己在不知不覺間釣到大魚。這個男人相當有本事，他的表現超乎進來的期待。

「——欸！」趙另起話頭。「這下子你可以幫我了吧？」

「當然。」

進來用力點頭。

「你在找的這個叫做林憲明的殺手，我已經派部下調查過了。」進來從公事包裡拿出一疊紙遞給趙。「這是資料。」

「只有這些？真少。」他露出不滿的表情，看著資料上的大頭照，點了點頭。

「嗯，就是這小子沒錯。」

「林憲明是一位張姓幹部私下僱用的殺手。」

「那個姓張的傢伙在哪裡？」

「死了。」

趙瞪大眼睛。「……你說什麼？」

「被殺了。張在拷問室裡遭人斬首身亡，林憲明也和這件事有關。他好像不滿意他的待遇，有小弟看過他和張為了酬勞問題爭吵過好幾次。」

趙發出笑聲。「原來如此，那個姓張的控制不了他啊。」

「拷問室內沒有安裝監視器，因為在裡頭幹的都是不能留下影片的勾當，所以至今真相依然不明，似乎是林委託某個殺手殺了張。案發後，林失蹤了，現在行蹤成謎。」

「……失蹤？」趙皺起眉頭。「是什麼時候的事？」

「去年十一月。」

現在是七月底，已經是半年多前的事。

「這麼說來，或許他已經不在福岡……唉！可惡，白跑一趟。」

趙懊惱地皺起臉龐，抓了抓倒豎的頭髮。

突然，一道電子音響起，是趙的手機在響，似乎有人來電。趙按下通話鍵，把手機放到耳邊。「怎麼了？楊。」

楊——那個一臉可疑的仲介浮現於進來腦海中。

「什麼？找到了？在哪裡？」趙的語調變得開朗起來，似乎是好消息。「博多站嗎？嗯，我知道了。」

趙掛斷電話，進來詢問：「怎麼了？」

「楊有個越南人朋友，專門在招攬殺手，上上個禮拜在電車上看見一個長得很像林憲明的男人，好像是從博多站上車的。」

那是上上個禮拜的事，代表——

「林憲明還在福岡的可能性很高。」

「那你打算怎麼辦？向福岡市的情報販子打聽消息，把他找出來嗎？」

「不。」趙搖了搖頭。「這招我已經試過了，沒用。這次我要換個方法，讓他自己來找我。」

「怎麼做？」

「留訊息給林憲明。」

進來不明白他的意思。不過，他似乎自有主張。

「……欸，進來。」趙面露賊笑，看起來心情很好。「我有事要拜託你。」

「什麼事？」

趙毫不客氣地說道：「我要你幫我收集個資，越多越好。」

離開馬場後，林無處可去，只能在大街上遊蕩。他離開博多，搭乘巴士前往天神，原本打算購物消磨時間，但又嫌行李變重增添麻煩，便打消了主意。

他在中途下了巴士，無可奈何之下，只好到中洲蓋茲大樓裡的網咖休息。

正當他走出電梯——

「——啊！」

眼前有顆熟悉的蘑菇頭。

「呃！」林忍不住哀號。

又碰上榎田了。他不想遇見認識的人。

「你在這種地方幹什麼？」

榎田詢問，林不知該如何回答。「沒、沒幹什麼，只是有想看的漫畫……」

榎田「嗯」了一聲，完全聽不出他是相信林的話，還是看穿林的謊言。

「哎，正好，我有事拜託你。」

「有事拜託我？」

身為情報販子的榎田向來是受人拜託的一方，現在居然要拜託別人，這可稀奇了。

「你現在很閒吧？」榎田面露賊笑。「接個工作吧。」

榎田沒等林回答，便抓住他的手臂，把他拉進電梯裡。

蓋茲大樓的一樓有間書店，角落是咖啡區，榎田把林帶到咖啡區。他們點了兩杯冰咖啡之後，在底端的桌位面對面坐下來。

「老實說……」榎田把糖漿倒進杯子裡，切入正題。「最近有兩個情報販子接連被殺。」

林瞪大眼睛，嘴唇離開吸管。

「這……聽起來不太妙啊。」

「挺嚇人的。」

「是啊。」

「下一個被盯上的搞不好就是我。」

榎田邊說邊笑。從他的語調聽來，「就是我」之後接的不是「怎麼辦」，而是「好期待」。

「哎，我也沒打算輕易被殺就是了。」

林似乎明白榎田想「拜託」什麼了。

「所以你想拜託我當你的保鑣，防備敵人的襲擊？」

「不不。」然而，榎田搖手否定。「不是，我是要你殺了那個凶手。」

聽到這個意料之外的答案，林閉上嘴巴。

「殺死那兩個人的是同一個男人，年紀大約在二十歲左右，身高一百七十幾。」

「你已經查到這麼多了？」

真不愧是情報販子，林大感佩服。明明就連警察都尚未查出凶手的身分。

「對於情報販子而言，同行是工作夥伴，也是競爭對手，所以我們總是彼此監視，在水面下展開諜報大戰。比方說——」榎田指著林。「你看看你坐的椅子底下。」

「椅子底下？」

林依言彎下腰，窺探下方。

——有東西。

一個黑色的小型塊狀物黏在椅腳上，林伸手取下來。

「難道是……竊聽器？」

「對。」榎田點頭。他抓起竊聽器，丟進喝到一半的咖啡裡。「這也是同行搞的鬼，知道我偶爾會來這家店的人裝的。」

「……情報販子的世界真驚人。」

「當然，我也幹同樣的事，竊聽同行的談話內容，蒐集情報。被殺的那兩個人，家裡有我偷偷安裝的針孔攝影機。我也裝了竊聽器，只不過在案發前就被發現，處理掉了。換句話說，我的針孔攝影機碰巧拍到殺害他們的凶手。」

「原來如此。」林恍然大悟。所以榎田才知道凶手的詳細特徵。

「凶手就是這個男人。」

榎田從包包裡拿出平板電腦放在桌上，找出照片秀給林看。

照片上清楚地拍到走出公寓的年輕男人。

「這傢伙——」林驚訝地瞪大眼睛。

他認得這個男人。

「不會吧……他怎麼會……」

別的不說，他應該已不在人世才對，明明已經死了。

林宛若撞鬼似地，毛骨悚然，驚慌失措。

「你認識他？」榎田歪頭納悶。

「……嗯。」

林點了點頭，眼睛依然瞪得老大。

「我們是在同一座設施長大的，這就是證據。」林指著照片中的男人手臂。榎田放大那個部分，只見男人的手臂上刺著條碼狀圖案。

「是刺青嗎？」榎田操作平板電腦，讀取條碼資訊。「……跑出數字來了，七位數。這是什麼號碼？」

「管理編號。我也有。」林捲起T恤的袖子，出示手臂上的同樣印記。

接著，他的視線再度垂落至照片上。

「這傢伙的名字叫做緋狼……是我的好朋友。」

林垂下眼，喚醒封印的往日記憶。

「六年前，被我殺掉了。」

六局上

『——再見啦，貓。』緋狼就在眼前譏嘲他。

刀子揮落，林及時翻身打滾，躲過了攻擊。雖然避開要害，但背上的傷口很深，動作變得遲緩許多，因此林未能完全閃避下一道攻擊。

傷口中了一腳，劇痛竄過全身，林再度倒地。緋狼撲向前來，騎在林的身上，毆打他的臉孔。林的口腔破裂，舌頭上有股鐵鏽味。

林動彈不得。無論如何掙扎，都無法擺脫緋狼。

『去死吧！』

緋狼再度揮落刀子，充滿殺意的雙眼微微瞇起來。

林不想死。

為了尋找生機而四處游移的視線發現了武器。身體右方有把刀子，林伸長手臂，抄起刀子。

他已經顧不得三七二十一。

林反手握住刀子，刺向緋狼的臉。刀尖刺入緋狼的左眼。

『嗚、呃啊！』緋狼發出低吼般的叫聲，往後跳開。『啊！啊啊！』

他用雙手摀住臉龐，滿地打滾。鮮血從受傷的眼球汩汩流出，染紅半邊臉。

『你這個王八蛋！』

緋狼勃然大怒，胡亂揮刀。失去視力的他不斷往錯誤的方向攻擊。

趁現在——林咬緊牙關站起來，重新握好刀子衝向緋狼，刺入他的胸口。

『喀，哈——』

緋狼嘔出了血，身體往前傾，軟倒在林的身上，接著逐漸滑落倒地。他的手腳不斷抽搐著。

片刻過後，緋狼便不再動彈。

『哈、哈、哈！』

鴉雀無聲的單人房中，只有自己的喘息聲響徹四周。血液奔騰全身，心臟撲通亂跳，無法冷靜下來。肩膀大大地上下抖動，氣息紊亂不已。

下一瞬間，牢門自動開啟，大概是要林出來。林半拖著腳踏上通道。

其他少年也逐一步出各自的牢房。又傳來一道慘叫聲，又死了一個人，牢門開啟，一名少年走出牢房——這樣的情形反覆上演。

渾身是血的少年們失魂落魄地站在通道上。

『——恭喜。』教官的聲音響起。『你們通過考試。』

有什麼好恭喜的？林用力咬緊嘴唇。

『殺死搭檔，讓你們捨棄人性。從這一刻起，你們便成為獨當一面的兵器。』

教官的話語沉甸甸地壓在心頭。

——這是頭一次殺人。

這五年來，林一直接受訓練，學習殺人的方法，在腦中一再反芻，然而，現在他止不住手腳的顫抖。

林把滿布血絲的雙眼轉向牢房，搭檔的屍體就躺在牢房裡。下手殺他的瞬間，林完全無法思考，一心只顧著保命，當林回過神時，搭檔已經死了。

雙手被一股溫熱的觸感包覆，因為緋狼的血而變得一片通紅。

他終於有真實的感覺——自己用這雙手殺死人了。

緋狼背叛了我，如果我不殺他，就會被他殺掉——林這麼告訴自己。即使如此，林依然無法釋懷。

殺人是不對的。無論有什麼理由，都不該奪走別人的性命。

『啊、啊啊、啊啊啊啊——』

林當場跪倒，開始嗚咽。他用指甲猛抓腦袋，褐色的頭髮染上血。自己的心似乎有某種改變。林覺得自己不再是自己。他既困惑又恐懼，彷彿變成另一種生物。痛苦、悲哀、狼狽、虛無、罪惡感——各種情感如洪水般席捲而來。他喘不過氣，心臟幾乎快要破裂。

在場的其他少年也和林一樣淚流滿面，大家哭喊悲嘆，哀悼朋友之死。教官曾囑咐他們不可掉淚，說掉淚只會讓自己變得軟弱。那個男人灌輸的話語竟在這種關頭閃過腦海，不過，淚水並未停止。誰理你啊？混蛋！林索性放聲大哭。好友、搭檔、同儕之死。說來不幸，這只是開端而已。從今以後，為了活下去，他必須殺幾十、幾百個人。

林終於體認到自己踏進多麼殘酷的世界。

他恨不得逃之夭夭。

可是，他不能回頭。就算想回頭，也回不去了。他已經成為劊子手，以後這就是他的工作。他必須靠殺人維生，獨自活下去。不信任任何人，不依賴任何人，只憑藉自己的力量。殺人、殺人、殺人，每當奪走某人的性命，就得像現在這樣痛苦流淚。

他辦不到，承受不了。

難道只能像那個男人所說的一樣，捨棄人性嗎？

六局下

林安靜且徐緩地吁了口氣。道出往事後，他喝了口咖啡。冰塊已經完全融化，咖啡變得淡而無味。

「原來如此。」榎田沉吟後，覆述林的身世。「你在少年兵器培育設施裡熬過各種嚴酷的訓練，最後殺了同房的好友。」

「嗯。」

這是工廠的最終製程。教官替少年們裝上名為無情的零件，完成最後的加工步驟，好讓他們以後殺人時不再有任何遲疑。

事實上，這個做法確實有效，離開工廠後，林殺人時從未遲疑過——直到今天。

「可是，被你殺掉的好友現在居然還活著？」

「沒錯。」

林點了點頭，垂下頭來。

「……八成是我失手了。最後關頭時，我下手太輕。」

或許當時他手下留情。不願殺掉對方的情感，讓他在無意識間這麼做。

林回想當時，緩緩地編織話語。「那個時候我失去冷靜，驚慌失措，根本看不清周圍的狀況。我以為我刺中要害，他看起來也像是死了……但實際上好像不是這麼回事。」

所以緋狼還活著。在那場最終考試之後，他活了下來。

「——所以呢？」

榎田突然如此問道。

林不明白這個問題的用意，反問：「……什麼？」

「緋狼還活著，你有什麼感覺？」

「什麼感覺……」

林感到困惑，說話變得結結巴巴。林自己也不太明白。

沒想到緋狼還活著。昔日的好友，自己親手殺掉的男人現在竟然還在人世，林想也沒想過。

「哎，我覺得很驚訝，沒想到他還活著。」

「不是啦。」榎田嘆一口氣。「我是說，你是不是鬆一口氣，慶幸他沒死？」

「我才沒這麼想咧！」林氣憤地說道，在心中加了句「應該沒有」。

「那麼，下次你遇見他，能夠確實殺掉他嗎？」

「這——」

林頓時語塞。

林捫心自問，他能夠再殺緋狼一次嗎？下次他能毫不遲疑地殺掉往日的好友嗎？

「……不知道。」

自問過後得出的是毫無把握的答案。

林無法憎恨背叛自己的緋狼。即使受到那樣的對待，林依然期待緋狼能夠再次像從前那樣對自己微笑。

兩人一起搭檔——原來自己到現在還相信他那些鬼話嗎？林感到啼笑皆非，實在太愚蠢了。

見林沉默不語，榎田聳了聳肩說：「看來這份工作我還是拜託其他人比較好。」

「等等。」

林高聲說道。

如果可以，林不想殺緋狼。林不想再次嘗到從前那種痛苦。可是，林也不願意讓其他人殺了他。

總之，現在林需要時間來整理心緒。

「……給我一點時間考慮。」
林厭惡起自己。他是什麼時候變得這麼天真？
突然，榎田的智慧型手機震動起來，似乎有人來電。
「喂？」榎田按下通話鍵，把手機放到耳邊。「哦，馬場大哥。」
聽到這個名字，林「呃！」了一聲，皺起眉頭。
「咦？什麼？林老弟失蹤？」榎田瞥了林一眼。「林老弟——」
「噓！」林連忙把手指放到嘴唇上。
「——我沒看見耶。嗯，不知道……了解，我看到他會聯絡你。」
榎田掛斷電話，面露賊笑。
「原來你離家出走啊。跟馬場大哥吵架了？」
「沒有。」林冷淡地回答。
「這樣我很好奇耶。發生了什麼事？跟我說嘛。」
「囉唆。」
「如果你不告訴我，我就聯絡你的監護人喔～」
榎田揚了揚電話，林大為動搖。住手，別用這招。林只能死心地從實招來。
「到底是怎麼回事？為什麼突然離家出走？長這麼大了才進入叛逆期嗎？」

「……之前的我才是不正常。」

林不情不願地開口說道：

「比方像你這樣的人，目的很明確對吧？無論好事壞事，你總是為了錢而行動，所以很好懂。」

「別這麼誇我嘛，我會不好意思的。」

「……不過馬場不一樣，我根本不知道他在想什麼，很恐怖。他不是一個可以輕易相信的人，我對他卻毫無防備。」

「哦，原來如此。」榎田一臉開心地說道：「換句話說，你害怕被馬場大哥背叛，所以就自己先跑了？」

「不是怕不怕的問題。」林皺起眉頭反駁：「我只是擔心自己的安危。對一個殺手而言，和來路不明的人一起生活很危險。他會不會背叛我根本不是重點。」

榎田叼著吸管，隨口附和：「啊，是、是～」

「你啊……」那是什麼態度？明明是榎田自己問起的。林嘆一口氣說：「反正我只能這麼做。這半年來過得太悠哉，感覺都變遲鈍了。」

這是不好的傾向。再這樣下去，自己會變成派不上用場的殺手，存在也會徹底崩潰，所以林才離開那個男人。

「有什麼關係？」然而，榎田一派樂天地說：「悠哉的生活也很好啊。」

「哪裡好？」林完全不明白。

「你太窮緊張了。反正像我們這種地下社會的人，本來就不可能善終。」

那倒是，他們確實都是這種命運。不過——

「搞不好最後會被大卸八塊，或是遭嚴刑拷打而死，既然如此，不如悠悠哉哉、開開心心過生活，這樣才划得來啊。吃好吃的東西，做喜歡的事。」從長長瀏海底下探出來的銳利視線筆直地射穿林。「——還是說，你想變回以前的你？」

林不知該如何回答，撇開了視線。

「再說，其實錢以外的東西也是可以相信的。雖然這種話由我來說有點沒說服力啦。」

林難以苟同。「人類就是為了錢而行動的生物啊。」

「哦？是嗎？」

榎田露齒而笑。

「那你之前殺人為什麼只收五百圓？」

聞言，林心下一驚。

榎田所說「錢以外的東西」，林似乎明白是什麼了。

「……話說回來，你怎麼知道這件事？」

林可不記得自己向榎田提過酬勞的金額是多少。

林皺起眉頭。這個男人還是一樣無所不知。

與獸王的會談是在中洲「Eve」俱樂部的ＶＩＰ室裡進行。李瑞希代表組織前往赴約，進來當然也列席。

談判進行得意外順利，雙方都同意禁止暗殺對方的成員，幹部的人身安全獲得保障。對方的代表是一個名叫東尼．劉的男人，在溫文有禮的態度背後可感受到一股畏懼之意。看來如趙所言，他似乎忌憚著根本不存在的後盾。今後，獸王應該不會再招惹華九會了。

談判結束後，李坐進車子後座，嘆了口疲勞與安心交雜的氣。

「進來。」他呼喚進來的名字。進來原以為他要抽菸，但並非如此。「你做得很好。」

「不。」進來依舊注視著前方，搖了搖頭。「這次都是多虧了趙。」

進來什麼也沒做，只是照著那個男人的吩咐行動而已。

「那個姓趙的殺手好像很有本事。」

「嗯，是啊。」

那個男人很優秀，雖然年輕但本領高強，正如姓楊的仲介所說，只不過有點莽撞也有點瘋狂。

「殺掉他有點可惜。」

聽到背後傳來這句話，進來倒抽一口氣。「……是啊。」

捨棄如此強大的戰力雖然可惜，但也無可奈何。正因為他很優秀，所以不得不除掉他，著實令人為難。

進來一如平時，將主人送回家。

「──那件事就勞你轉達。」

李留下這句話之後便下了車。

「是。」進來微微地點頭。「我會按照計畫進行。」

進來立刻打了電話給趙。

「——突然叫我出來，有什麼事？」

在初次見面的天神地下街咖啡店等了十分鐘後，趙來了。

「我是想把你要的東西交給你。」

說著，進來遞出USB隨身碟。

「裡面有一百萬份個資，包含姓名、住址、出生年月日和電話號碼。」

這是向名簿業者購買的個資清單，是昨天遇害的宇野山的所有物。宇野山的事務所向來是靠著詐欺發小財，循著清單亂槍打鳥打電話，用話術唬弄對方，騙取金錢。

「隨你自由運用吧。」進來催促趙收下。

「那我就不客氣了。」

趙收下隨身碟。

「……你打算做什麼？」

進來詢問，趙面露賊笑。「追殺林憲明。」

「林憲明？」進來懷疑自己的耳朵。

「我要把叫做林憲明的男人一個個殺掉。」

進來向來無法理解這個男人的言行。殺害毫無關係的「林憲明」究竟有什麼好處？

「為何要這麼做？」

「告訴那小子我在找他。『林憲明』被殺的事一旦上新聞，那小子應該就會察覺了吧，到時候他就會自己來找我。」

這傢伙想出來的主意還是一樣瘋狂。

「拜拜，謝啦。」趙揚了揚隨身碟，站起身來。

「等等。」進來尖聲叫住他。險些忘了轉達正事。「我的上司說要好好慰勞你，已經替你訂好餐廳。」

「……哦？」

「是中洲二丁目的料亭。明天中午一點，別遲到。」

「記得菜色要豐盛一點啊。」趙揚了揚手便離去。

✳✳

和劉約定見面的地點與以前一樣，是大濠公園的乘船處。接到這個突如其來的邀約，新田立刻動身赴約。

劉已經先抵達，正在等候新田。不過有別於之前，他的表情顯得有些黯淡。

兩人照例坐上天鵝船，把船划到池塘中央後，劉才開口說：

「我們和華九會談和了，說好不再互相危害，也不再互相干涉……不過，對方開出一個條件。」

「條件？」

「他們要我們交出殺手。」

「您是指——」

換句話說，就是交出猿渡。

「華九會和那個殺手有恩怨，大概是想親手制裁他。」

「……原來如此。」

要清算百人斬的帳嗎？

「不過，我們也一樣。」

雖然挑起戰火的是獸王陣營，但劉也同樣損兵折將。華九會僱用的殺手攻擊劉的倉庫，殺了他的同夥。

「我們也想幫被殺的夥伴報仇。所以在談判過後，我們決定交換殺手。當然，是在活著的狀態下。」

劉表示明天就是交換殺手的日子。未免太倉促了。

「這個給你。」

說著，劉拿出一包裝著白粉的透明塑膠袋，遞給新田。

「這是安眠藥。讓猿渡服下以後，帶他來倉庫。」

這個男人打算犧牲猿渡？新田的臉上雖然掛著笑容，心中卻皺起眉頭。這下子麻煩了。

下了船，和劉道別後——

「喂？猿仔？」新田立刻打電話給猿渡。他必須盡量保持自然，約猿渡見面。「明天要不要一起吃頓飯？」

在和服店員的帶領下，眾人來到包廂「梅之間」。打開拉門、踏入寬敞的和室，李和趙相對而坐，進來則是正座於李的身旁。為了安全起見，包廂的出入口附近安排了一個部下站崗。

「我聽進來說了，你這次表現得非常好。」

說著，李在桌上放了一個硬殼鋁箱，並打開箱子讓趙觀看。裡頭裝滿一束束的鈔票。

「不用了，我的目的不是錢。」趙一笑置之，連瞧也沒瞧上箱子一眼。

「這是我的一點小心意，請你收下。多虧你，我們才能度過這一關。」

接著，李舉起酒瓶。

「我準備了好酒，來乾杯吧。」

他倒了兩杯日本酒，並把其中一杯遞給趙。

「……慶祝我們的勝利，乾杯。」

李舉起酒杯，一飲而盡。

趙也如法炮製，把酒杯送到嘴邊。

下一瞬間，他的動作不自然地停住了。接著，他嘴角上揚，面露賊笑。

事出突然。趙忽然揪住旁邊小弟的胸口一把拉過來，並把酒杯裡的液體灌進他口中。只見男人立刻顯得痛苦不堪，口吐白沫、眼睛翻白，倒在榻榻米上。

「想陰我？」趙露齒而笑。「太嫩了。」

進來睜大眼睛。

——竟然穿幫了？

和獸王談判的決議是交換殺手，但若是把殺手活生生地交給對方，只會增加對方戰力。殺手意外身亡——如此向對方說明，交出屍體，就是他們的計畫。因此，他們在酒杯抹上毒，企圖殺掉趙。

然而，被趙發現了。

「毒這種玩意兒，我一聞就嗅出來了。因為我的鼻子也鍛鍊過。」

趙動了，將手上的酒杯扔向進來。當進來閃避酒杯時，趙已經移到李的身旁。說時遲那時快，趙從懷中掏出一根細長的物體，刺入李的脖子。

那是針筒。透明的液體流進李的血管。

「李先生！」

進來叫道，拔出槍來。

「離他遠一點！」

進來用槍口指著趙，趙卻舉手制止他。

「嘿，你可別開槍啊，要是我死了，你的寶貝主人也會死。」

「……什麼意思？」

進來皺起眉頭。他的雙臂在發抖，不知是因為緊張還是憤怒。

李把針筒從脖子上拔出來，皺起眉頭。「……是毒？」

「是病毒，獸王開發的，被我順手摸來了。抗病毒劑在我手上，我藏在某個地方。潛伏期是一個禮拜，如果沒在這段期間內施打抗病毒劑，你就會死。」

「什麼——」

進來一陣愕然，仁壹的臉龐閃過腦海。

「你幹了什麼好事！」

他大聲怒吼，揪住趙的胸口。

『——動作快！』

包廂裡變得吵吵鬧鬧。馬場豎起耳朵，專心聆聽斷斷續續傳來的對話。李似乎中毒昏厥，部下正要把他送去醫院。

幾分鐘後，終於恢復平靜。

留在包廂裡的兩個男人繼續交談。

『欸，這間料亭勸你別再用了。』

——被發現了？

馬場在心中咂一下舌頭。

『包廂裡藏了這種東西。』

『……那是什麼？手機嗎？』

『手機型的竊聽器。』

『竊聽器？』另一個男人大吃一驚。從剛才的對話判斷，他大概就是進來。『不可能，我已經叫部下檢查過這間包廂。』

『這類竊聽器只有在竊聽中才會發出電波，就算使用偵測器也很難發現；即使發現，在這種地方，也可以偽裝成是其他客人忘記帶走的。』

『不會吧……』

『換句話說，剛才的談話全被聽光了。不知道是誰幹的好事？』

只聽見啪一聲，通訊中斷，似乎是手機被破壞了。

然而，馬場的竊聽器不只一個。這會兒聲音改從另一隻耳朵戴著的耳機傳來。

『——這下子就能放心說話了吧？』

馬場賄賂料亭店員，把竊聽器和料理一起送進包廂。手機型數位竊聽器只是幌子，原本就沒有長時間使用的打算，電力也快耗盡了。從現在起，換中繼投手上場。

『為什麼對我下毒？』

『……我們和獸王做了交易，約好交出彼此的殺手。』

『原來如此。所以你們計畫在我落到敵人手上前先幹掉我，是吧？』

獸王，交易，殺手——那個男人的臉龐突然浮現於腦海。或許猿渡現在已經被交給華九會了。說歸說，那個男人應該沒那麼容易被抓住吧。

『抗病毒劑在哪裡？』

『現在還不能告訴你。只要你這一個禮拜乖乖幫我的忙，我就會醫好那個男人。』

『混蛋！』進來的咒罵聲傳來。

對話在此停止，兩人或許是離開了料亭。

透過竊聽，馬場得知李被送往哪間醫院，不過現在華九會的人八成還在附近晃蕩，不能輕易闖入。

馬場先回事務所一趟。林還沒回來，不知是跑去哪裡？

他坐在沙發上攤開報紙，那是西日本的地方報。他首先確認的是運動專欄，報紙大幅報導了先前那個外國人選手的成績。最近那個選手似乎陷入打擊低潮期，全壘打數在僅差一支便能刷新紀錄的關頭停止進帳了。

就在馬場漫不經心地看著報紙時，「林憲明」三字突然映入眼簾。福岡市內，一名男性被刺殺，林憲明——這些字眼並排著。

「咦！」馬場忍不住驚叫。

該不會……他慌慌張張地瀏覽報導。

被害人是——

「林憲明，七十三歲……」

是別人。

搞啥呀！馬場鬆一口氣，拍了拍胸口。

「……別嚇人唄，真是的。」

接著，他望向旁邊的報導。同樣是殺人案。

「咦？」

他又發出驚叫聲。

看到報導內容，馬場忍不住懷疑起自己的眼睛。

在市內發生的兩起殺人案，被殺的男人都叫做「林憲明」。

「……這是怎麼搞的？」

被害人，林憲明。有這麼湊巧的事？還是——

馬場感到不寒而慄。有種不祥的預感。

馬場立刻撥打電話。「呀，喂？榎田老弟麼？我想請你幫我調查一件事——」

進來不願再看到主人躺在白色病床上的模樣，因此只派部下代替自己前往醫院。

數十分鐘後，部下聯絡他：『接下來要進行檢查。』

「是嗎？」

『他的情況還算穩定，意識也很清楚。』部下用沉重的語調補上一句：『……至少目前是如此。』

目前是，不過，一個禮拜後會變得如何就不得而知。

「……是啊。」

總之，當務之急是取得抗病毒劑。

「你繼續陪著他。雖然獸王的問題解決了，但是外在的危險並沒有消除。你可別放鬆警戒啊。」

『了解。』

在店外打完電話後，進來回到包廂，伸手拉開梅之間的門。趙仍在包廂裡，沒規沒矩地豎起單膝而坐，接二連三地把食物放入口中。

「哦，你回來啦？」他察覺進來，舉手招呼。「這裡的料理很好吃耶，你也吃一點吧。」

看見他這種輕浮的態度，進來怒火中燒。「……我真想立刻宰了你。」

趙呵呵笑道：「哎呀，冷靜一點嘛。啊，對了，要不要喝一杯？放心吧，我沒有下毒。」

進來狠狠地瞪了悠哉舉起酒瓶的殺手一眼。

「——好，也該走了。」趙吃完料理，抬起腰來，對進來下令。「把車子開過來，我想去一個地方。」

被這樣的男人呼來喚去，簡直是莫大的屈辱。然而，現在進來只能照著趙的吩咐去做。「去哪裡？」

「箱崎五丁目。我要去找老朋友。」

＊

在大濠公園站附近的創作料理店喝著可樂的猿渡比平時更加不開心。

新田暗想，這也難怪。被吊了那麼久的胃口，最後居然要他別對華九會動手。對猿渡而言，這回的工作簡直是糟糕透頂。到頭來，殺掉的只有試用期的那一個人，賺不了多少錢；非但如此，還落海溺水（雖然本人堅稱是游泳）。和獸王的契約就在滿腹怨氣無處宣洩的狀況下結束了。

「什麼叫外行人?那個紅毛小子，咱一定要痛扁他一頓！」

猿渡一口氣喝乾了可樂，把杯子往桌上用力一敲。新田不禁擔心杯底有沒有裂開。

「接下來要喝什麼？」

「可樂。」猿渡簡短地啐道。

新田立刻叫來店員，加點可樂。

「啊，混蛋，忒想殺人。」猿渡喃喃說道，店員一臉錯愕。

「好了、好了，忘記工作的事，今天就好好地開心一下吧。我請客。」

「……咱去小便。」尿意襲來，猿渡站起來走向廁所。

可樂也在這時候送來。趁猿渡離席，新田把劉交給自己的藥——為了安全起見，他檢查過只是安眠藥——加到杯子裡。

過一會兒，猿渡回來了。他似乎沒發現，只見他拿起新杯子送到嘴邊。加了安眠藥的可樂從喉嚨流入他體內。

十幾分鐘後，猿渡趴在桌子上呼呼大睡。

「……真是的，猿仔，還是白天耶，你喝太多啦！」新田裝模作樣地高聲說道。

他叫住經過的店員。

「不好意思，我要結帳。」

七局上

『我需要錢。』

又來了？

每個人都滿腦子是錢。想賺錢，需要錢，錢錢錢——開口閉口都是錢，實在令人厭煩。

『我女兒生病了……』

——這樣啊？真糟糕。

在客戶面前，新田的臉上掛著笑容，內心卻在嘆氣。

——那又如何？

理由是什麼根本不重要，新田對於追求金錢的目的毫無興趣。無論目的高尚或低俗，到頭來，要做的事都是一樣。

『沒有時間了，必須快點動手術。』

嗯、嗯，我明白了，一定會幫您的——新田一如平時，瞇起眼鏡後方的雙眸。

雖然金額與目的不同，但每個人都需要錢，為了錢甚至不惜殺人。這就是人性。在這個世界，連命都可以用錢買，救人、殺人全是看錢辦事。世上的一切都是繞著錢打轉。

新田無意批判，也無意喟嘆。事實上，他自己亦是這種世界的一分子，靠著分殺手的一杯羹過活。

他只是隱隱約約覺得無趣而已。

說歸說，他並不想改變現狀，而是淡然做著這些無趣的工作。

直到那一天，和那個男人重逢——

『咱想和更強的人交手。』

猿渡大言不慚地說道，表情和那時候一樣——和宣告要「進軍職棒」時一樣。

這個業界裡居然有這種傻瓜？新田難以置信。

這小子真有趣。這是第二次了，他和高中時一樣，一點也沒變，總是滿不在乎地為毫無利益的事情投注全力。他就是這種人。

他還是一樣古怪，和他在一起絕不無聊。

『我會以顧問的身分把你變成福岡第一殺手。』

當新田察覺時，這句話已經脫口而出。

『我們重新搭檔吧，就像從前那樣。』

——再替我找些樂子吧。

七局下

「——早安，猿仔。」

在朦朧的意識中，新田的聲音模模糊糊地傳來。

「說歸說，現在已經傍晚了。」

猿渡動彈不得，似乎被綁住了。他的雙手被手銬銬在身後，人則是坐在椅子上。視野逐漸清晰，新田的身影近在眼前，東尼．劉站在他的身邊。

猿渡轉頭環顧四周。底端的牆邊排放著堆積如山的紙箱。他對這個地方有印象。

——這裡是獸王的倉庫？

地上的屍體已經消失，地板和牆上的汙漬也已清理乾淨，八成是請專精此道的清潔業者收拾的。

這不是重點。現在到底是什麼情況？猿渡開始回想。

發生什麼事？自己為什麼在這種地方？猿渡回溯記憶。他和新田一起吃飯，中途起身去上廁所，回到座位以後，喝了口可樂——到這裡為止，他都還記得。

之後，猿渡便突然被強烈的睡意侵襲，失去意識。

——直到現在。

「你睡得很沉，我是不是搞錯分量啦？」新田笑道。

莫非原因是那杯可樂？

——這小子對咱下藥？

猿渡睜大眼睛，隨即又對新田怒目相視。

「……巨。」他難以克制怒意，聲音變得比平時更低沉。「這是怎麼回事？快解釋！」

「哎呀，其實是這樣的。」

新田泰然自若，他的表情令猿渡又是一陣焦躁。

「我必須把你交給華九會。」

「……啊？」聽到這句難以置信的話語，猿渡皺起眉頭。「你剛才說什麼？」

「很遺憾。」劉插嘴說道，拿出槍指著猿渡。「你必須死在這裡。」

少開玩笑了！猿渡咬牙切齒。

「你沒有意見吧？新田先生。」

劉把視線轉向新田。

新田並未點頭。「不用活著交給華九會嗎？」

「這是保險。誰知道這個男人會不會一落到華九會手裡就立刻倒戈，反過來危害我們？」劉面露賊笑。「我們抓住這個殺手，原本是打算把他活著交給華九會，但是在運送途中，男人掙脫，反過來攻擊我們，所以我們迫於無奈殺了他——這就是劇本。」

「可是，這和我們說好的不一樣。」

「對，沒錯。新田先生，我也覺得對你十分過意不去，因為這麼做會毀了你的搖錢樹。這是我的一點心意。」

他拿出一個大型硬殼鋁箱，遞給新田。從大小判斷，裡頭應該有幾千萬圓。

「能不能請你看在這個的份上原諒我呢？」那是不容分說的口吻。「如果你不願意，我只好採取另一種手段。為了彼此著想，還是趁現在用錢解決吧。」

「何必兜這麼大一圈？」新田面露苦笑說道：「直接明說要是不從就殺了我，不就行了？」

「我相信不用說得這麼明白，你也會懂的。」劉瞇起眼睛。「再說，你不也說過？殺手只是賺錢的工具。死一個應該不成大礙吧？」

「……嗯，是啊。」

新田笑著點了點頭，接過箱子。

「您說得對，他是工具。這筆錢我就開開心心地收下來。」

猿渡難以置信地睜大眼睛。這小子居然把咱給賣了！

「就是這樣。」

新田走向被綁住的猿渡，從背後抱住他的肩膀，在他耳邊喃喃說道：「抱歉啦，猿仔。」

「……別碰咱，混蛋。」猿渡瞪著新田的臉。「咱要宰了你。」

猿渡齜牙咧嘴地威嚇。新田一面笑道「好恐怖、好恐怖」，一面離開猿渡的身邊。

眼前的劉舉起槍。

他用手指扣住扳機。下一瞬間，槍聲響起。

「歡迎光臨！」一掀開路邊攤「小源」的布簾，老闆源造便帶著笑容迎接林的到來。

「今天只有你一個人呀？真難得，馬場沒跟你一起來？」

「……嗯，是啊。」林打了個馬虎眼。看樣子源造還不知道林已經離開馬場身邊。

在林吃著源造端出的拉麵時，有客人來了，是個身穿西裝的男人，沒打領帶，右手拿著脫下的外套，年紀大約在三十後半到四十歲之間。仔細一看是張熟面孔，是重松。

他一看見林，便「哦」了一聲。

「這不是林嗎？正好，我有事要找你。」

「有事找我？」林停下筷子轉向重松。「什麼事？」

「你……」重松用難以啟齒的口吻切入正題。「有沒有跟人結怨？」

「……啊？跟人結怨？」

多到數不清。我是殺手，跟人結怨是我的宿命——換作平時，林會如此回答，然而，現在他腦海中浮現那個男人的臉龐，以及六年前的記憶。

「為什麼突然這麼問？」

林詢問理由，重松用沉重的語調說明：

「老實說，昨天有兩個叫做『林憲明』的男人被殺了。」

「……林憲明（Hayashi Noriaki）？」

林憲明——和自己同名同姓，只是讀音不同。該不會……這是巧合嗎？還是——

「林憲明連續殺人案，是唄？」源造用打趣的口吻插嘴說道。

「凶手應該是同一個人，因為手法相同。你幫我看看，這是被害人的照片。」

重松遞給林兩張照片，似乎是證件照。

「你看過他們嗎？」

兩人都是生面孔。林搖了搖頭。「完全沒看過。我不認識他們。」

「凶器是刀子，兩個男人都是心臟中了一刀。從這種毫不遲疑地直刺要害的手法判斷，可能是職業殺手幹的。」

「刀子呀？」源造摸著下巴沉吟，「不曉得是哪種刀子？」

「驗屍過後，發現一個令人費解的疑點。」不知道是不是開車來的，重松喝的是不含酒精的啤酒。他喝一口啤酒，繼續說道：「凶手刺穿林憲明的心臟殺死人之後，又刺瞎死者的左眼。」

「──左眼？」

一聽重松這麼說，林便心裡有數了。

「該不會……」

殺人之後才刺瞎眼睛，代表目的並非拷問。

現在的林想得到一個故意刺瞎左眼的理由。「欸，有屍體的照片嗎？」

「嗯，破例給你看看。」

重松從公事包裡拿出檔案，照片就夾在裡頭。那是殺人現場的照片，一個男人倒在血泊中，鮮血從被刺瞎的左眼滴落，看來宛若在哭泣。

「這具屍體——」

林倒抽一口氣。

——和那時候很像。

「果然是他。」

林確信了。

是那小子，緋狼——一定是那個男人幹的好事。

被刺瞎的左眼蘊含的意義——這是給他的訊息，緋狼在呼喚他。

「你知道什麼嗎？」

林對重松的問題充耳不聞，彈跳似地站起來。

——必須去找他。

「呀，喂！你吃霸王餐呀？」見林拔腿就跑，源造立即高聲叫道。

「喂，小心我以現行犯逮捕你喔～」重松也跟著叫道。

林回過頭來，揮了揮右手回答：「抱歉！先讓我賒帳！」

林知道榎田人在哪裡。那間網咖的第五十六號隔間，包廂座位。林敲了幾次門之後，便粗魯地打開門。

「怎麼啦？慌慌張張的。」榎田拿下耳機，回過頭來。「啊，對了，你看看這個。這是我的試作品，紅背蜘蛛型通訊器，兩個一組，可以互相聯絡——」

「這不重要！」

林打斷榎田。

「我知道那小子……緋狼的目標是什麼了。」林調勻氣息之後才說：「是我。」

「你？」

「那小子在找我，或許是打算向我報仇。已經有兩個和我同名同姓的男人被殺了。」

「哦。」榎田點了點頭，似乎也知道這件事。他敲了幾下鍵盤，畫面上顯示的是那件案子的新聞報導。「是這個吧？林憲明連續殺人案。我也注意到這件事，稍微調查了一下。」

「我猜不久後又會有另一個『林憲明』被殺。那小子是想把我引出來。」

在找到林之前，緋狼是不會停止殺人的。

「那你打算怎麼做？」

「如他所願，去找他。」要阻止那個男人，只有這個方法。

「可是……」榎田一面忙碌地敲打鍵盤，一面說道：「我稍微查過了，緋狼這個男人根本不存在，也沒有入境紀錄。」

「他是死過一次的人，身分證和名字應該都變了，也有可能是偷渡入境。」要找出他的下落想必不容易。

「只要持續比對全福岡的監視器和緋狼的照片，總有一天找得到他。」榎田裝模作樣地嘆一口氣。「不過，就算是我，也得花點時間才辦得到。」

林不能等太久。在這段期間內，又會有無辜的林憲明被殺。

他突然想到其他方法。只要反向思考就行。「雖然不知道緋狼現在的下落，不過或許查得出他之後要去的地方。」

「原來如此。」榎田也明白了林的意圖。「換句話說，就是要查出下一個被盯上的『林憲明』住在哪裡，搶先攔截？」

「對。」林點頭。「靠你的頭腦預測緋狼下一個要殺的目標。」

「行為科學分析不是我的專長啊。」

榎田的十根手指再度敲打鍵盤。

「先查查福岡市內有幾個『林憲明』吧。」

片刻過後——

「……有了。哇，有二十五個耶。」

林是常見的姓氏，憲明也不是什麼罕見的名字。共計二十五人，必須從這些人之中找出成為第三號目標的人，光是想像就開始累了。

「被殺的兩個被害人之間應該有某種共通點。」榎田喃喃說道。

——共通點。

林想起重松出示的照片。被害人長得一點也不像。第一個犧牲者是單眼皮，眼神銳利，第二個犧牲者則是濃眉大眼；前者是瘦子，後者是胖子，找不到任何一貫性，似乎不是憑外貌選擇的。

「被害人的年齡呢？」

榎田一面瀏覽新聞報導，一面回答林的問題：「頭一個被害人是七十三歲，第二個是三十歲。」

「住址是？」

「福岡市中央區和早良區。哎呀，完全不一樣。」

家庭結構、血型、出生地、畢業學校……林列舉了想得到的各種可能性，但完全找不到共通點。

怎麼辦？在林傷透腦筋之際——

「……好啦。」榎田雙手交握，把手指折得劈啪作響。「我來偷窺一下吧。」

他似乎開始入侵電腦了，只見他的手指在鍵盤上猛烈跳動。

「你在查什麼？」

「比對這兩人的信用卡消費明細，或許能夠查到什麼線索。」

數分鐘後，榎田叫道「有了」。

「我找到這兩人的共通點了。他們在同一家郵購公司購買健康食品。那是一家主打代餐和營養補給品的公司。」他面露賊笑繼續說道：「前一陣子，這家公司的顧客名簿外流了。」

這麼一提，林好像在報紙上看過這則報導。

「受僱做接單工作的派遣員工偷偷把顧客名簿攜出公司，賤賣給業者，名簿就透過業者一口氣擴散到地下組織。之後有一陣子，與黑道有關的電話詐騙及惡質推銷大量暴增，現在偶爾也還會看到這類新聞。」

「換句話說，緋狼也弄到了這份名簿？」

而他依序殺害名簿上記載的福岡市居民「林憲明」。

「這個可能性很高。只要有錢，便能輕易弄到那份顧客名簿，我也有一份。」

榎田把隨身碟插入電腦，打開檔案，檔案中條列著人名與住址。

「這就是那一份顧客名簿，共有一百萬人。搜尋居住於福岡市的『林憲明』……哦，有三個，上面的兩個就是連續殺人案的被害人。看來是賓果了。」

「這麼說來，下一個被盯上的就是剩下的這個人？」

「林憲明，四十一歲，住址是福岡市東區箱崎五丁目——」

在寬敞的倉庫中，一道槍聲響徹四周。

硝煙味直竄鼻腔。

這是新田頭一次開槍打人。雖然他平時總是隨身攜帶小型手槍，但只是為了防身。扣下扳機時的衝擊和反作用力感覺格外強烈，至今手仍然微微發麻。

新田開的這一槍命中劉的右手。劉手上的手槍被震飛，滾到遠處。鮮血從手臂滴落，劉的臉因為劇痛而醜陋地扭曲。他低聲呻吟，軟倒在地。

猿渡驚訝地瞪大眼睛，愣愣地交互打量新田與劉。

新田立刻奔向猿渡。他一替猿渡解開手銬，臉孔立刻挨了一拳。

「好痛！」新田忍不住哀叫，摀住鼻子。「痛死了，猿仔……你來真的啊。」

猿渡顯然十分不悅。「你這個王八蛋，居然背叛咱。」

「所以我剛才不是道歉了嗎？」鼻子仍在發麻。新田一面撫摸鼻子一面辯解：「再說，我沒有背叛你啊。這是計畫。」

不能讓單純又藏不住心思的猿渡演戲。為了讓猿渡自然表現出「遭搭檔設計擒捉的可悲殺手」，新田對本人隱瞞一切，但這麼做或許讓他的信用整個掃地了。

總之，能夠成功反將劉一軍就好。

「你居然心軟了……」

劉粗聲說道，恨恨地瞪著新田。

「倒也不是心軟。」

「那你為什麼要救他！殺手不過是工具而已吧！」

面對大吼大叫的劉，新田回以爽朗的笑容。

「我是個愛惜工具的人啊。」

倘若猿渡是個只為錢工作的殺手，或許新田會捨棄他，但唯有這個男人，讓新田覺得棄之可惜。新田想看看他能夠變得多強、爬得多高。

說穿了，他們其實是一丘之貉。原來我也是個傻子啊——新田如此自嘲。

「誰是『工具』哪？」

充滿怒意的聲音傳來。回頭一看，猿渡正皺著眉頭。他從上衣裡拿出苦無，割斷劉的喉嚨。「呃啊！」劉發出滑稽的哀號聲，氣絕身亡。

猿渡打開裝錢的箱子查看，咂了下舌頭。

「大約五千萬。居然為了這點小錢出賣咱。」

被猿渡斜眼一瞪，新田連忙辯解：

「不是啦！是誤會、誤會，我只是在演戲而已。別的不說，我怎麼可能背叛你？」

「哼！這可難說。」

猿渡嗤之以鼻，似乎完全不相信新田。

「有什麼關係？反正局勢逆轉啦。」

「……關係可大了。」

猿渡依然滿心不悅。他拿起箱子，冷淡地說道：「兩成。」

「咦？」

「這次的抽成。咱八成，你兩成。」

「咦？太少了吧？至少三成嘛。」

「一成五分二厘。」變得更少了。

「這是什麼數字？活像蹩腳打者的打擊率。」

「不接受的話就宰了你。」

「好過分……」

即使擺出垂頭喪氣的模樣也不管用，無可奈何下，新田只能不情不願地接受這個條件。他不能再繼續觸怒這個男人。

「接下來怎麼辦？」新田改變話題。這次的工作結束了。委託人死了，他們沒必要繼續待在福岡。「要回小倉嗎？」

「不回去。咱還有事沒完成。」

「有事沒完成？」

猿渡一面活動肩膀，一面說道：

「——咱要宰了那個紅毛小子。」

他露出比平時更為凶惡的表情。

林坐上計程車，循著榎田查到的地址前往「林憲明」家。東區箱崎五丁目，七層樓公寓的二樓，門並沒有上鎖。

林入侵過的屋子不計其數，從來不曾感到抗拒或遲疑，今天卻沒來由地緊張起來。

林用微微顫抖的手指輕輕轉動門把。

一踏入屋裡，便有道人影竄入視野。一個男人倒在玄關。

男人已經死了。

胸部中了一刀，一隻眼睛被刺瞎。和先前的被害人死法相同，這個男人八成就是屋主「林憲明」。

——我慢了一步嗎？

林咂了下舌頭。這下子又多一個被害人。

突然，他感覺到人的氣息。客廳方向傳來說話聲，是電視的聲音。

林慎重地往深處前進，在不發出聲音的狀態下悄悄打開門。

——有人。

房裡有個男人坐在沙發上看電視。

男人察覺林的氣息，關掉電視緩緩起身，慢慢地轉過頭來。

林和男人四目相交後，倒抽一口氣。

「——緋狼……」

眼前的正是緋狼，如假包換。他長大了，五官變得成熟許多，但仍然留有六年前的影子。一頭燃燒般的紅髮依然如昔。

——他真的還活著。

親眼目睹本人，林總算有了真實感。

「好久不見，貓梅。」緋狼說。

貓梅——昔日的名字，已經很久沒人這樣稱呼林。

「你終於來啦？」他的聲音比從前低沉許多。「我等了好久。」

「……果然是你一手策劃的。」

正如林所料，殺害其他「林憲明」的也是這個男人。

林瞥了玄關方向一眼，不快地皺起眉頭。

「就為了把我引來，你居然殺害三個人？」

「沒辦法，因為我忘了和你交換聯絡方式。」

緋狼大耍嘴皮，毫無反省之色。

「總有其他辦法吧？用不著拖無辜的人下水——」

「這麼做有什麼不對？」

緋狼打斷林的話語，歪唇說道：

「為達目的，不擇手段，要奪走多少人命都不成問題；無論對方是什麼人，都可以毫不猶豫地殺掉。這不正是殺手本色嗎？我在那個地方學到的就是這樣。」

你也是——緋狼瞇起眼睛。

林無言以對，沉默下來。

那個地方——在那座工廠，他們的確是被如此教育的。為達通過考試的目的，不擇手段。即使對方是好友，林依然痛下殺手。

沒錯，林明明已經殺了他。

「……你為什麼還活著？」

「想知道嗎？」緋狼沒等林回答便開口說道：「我這就告訴你，後來我有什麼遭遇吧。」

緋狼再度在沙發坐下，伸長了腳。

「那一天，中了你一刀的我其實還活著，不過處理屍體的守衛並沒有發現。包含我在內，考試中輸掉的人全都一起被賣給業者，專門收購屍體的業者。那個業者帶著奄奄一息的我去找密醫。」

「原來如此。」林喃喃自語。「果然是我失手了。」

「傷勢復原後，歷史又重演。我被賣給一個有錢的變態老頭，那個老頭買下包含我在內的三個小孩，帶回家拷問。那是他的嗜好。」

他的表情微微地扭曲。

「其他兩個人熬不過痛苦，都死了。幸好我對拷問免疫，因為我受過訓練。我裝出害怕的模樣，讓那個虐待狂放鬆戒心，趁機做掉他。」緋狼瞥了林一眼，聳了聳肩。「真是糟糕透頂的人生。都是因為你一時心軟，害我嘗到地獄的滋味。要是你當時殺死我就好了。」

緋狼半開玩笑地笑道，這模樣讓林心疼。林無法直視他，低下了頭。

「……你恨我嗎？」

林抬起視線，窺探緋狼的表情問道。

「不。」

他輕輕地笑了。

「過去的事就付諸東流吧。我背叛你，企圖殺死你，而你險些殺掉我，算是扯平了。哎，我瞎了一隻眼，身體上的損傷比較大就是了。」

林相當意外，他原本以為緋狼必定十分怨恨他，引他出面就是為了報仇。

「不然你的目的是什麼？」

緋狼如此大費周章地引自己出面，總不可能只是為了敘舊。

緋狼站起身，轉身面向林。

「我是來接你的。」他微微一笑，接著才繼續說：「你要不要和我聯手？」

「咦──」

聽見意料之外的話語，林瞪大眼睛，隨即皺起眉頭。

「……這話是什麼意思？」

「別那麼警戒嘛。」緋狼面露苦笑。「我確實一直對你撒謊，企圖放鬆你的戒心。反過來說，這正好顯示我有多麼肯定你的實力。你很優秀，考試成績也很好，如果不玩陰的，我自認贏不了你。你也知道，當時我們的精神狀態根本不正常。」

封閉的空間，嚴酷的環境，洗腦式的訓練──確實，那個地方並不正常，待在那裡的他們也都有些瘋狂。

「我說想和你一起工作是真心話。我覺得我們能夠成為好搭檔。」

緋狼走向林。

「欸，貓。」

他用手臂環住林的肩膀，湊過臉來，在林的耳邊輕喃：

「我們一起工作吧。跑遍世界各地，狠狠地大撈一筆。熬過那種地獄的我們只要聯手，一定是天下無敵。」

林不禁暗想，這番話太狡猾了。為何在此時說這種話？為何在此時讓他想起當年的夢想？

不過，已經太遲了。

「……不要。」

這句話在無意識間脫口而出。

林甩開緋狼的手臂，往後退開。

「為什麼？」緋狼皺起眉頭。「因為我曾經背叛過你嗎？」

「不是……不是的。」林搖了搖頭，再次說道：「我不能和你搭檔。」

如果此刻握住緋狼的手，林就再也回不了頭。

「到時候你可以過上遠比現在奢侈的生活耶。」

「不是錢的問題。」

對於這句脫口而出的話語，連林自己都感到驚訝。這不正是榎田那小子所說的嗎？他面露苦笑。不是只有金錢才能綁住一個人。

「我不能跟你一起走。」林筆直地望著對方，用堅定的口吻說：「我不想離開這座城市，我喜歡這裡。」

「……什麼？」聽了林的回答，緋狼皺起眉頭，嗤之以鼻。「你喜歡這座城市？你在開玩笑吧？少胡說八道，也不想想自己是個殺手。」

「殺手也有喜歡的事物。」

「我們不是學過，別眷戀任何事物嗎？你忘了？」

林沒有忘。

別眷戀任何事物，別懷抱無用的感情，這會變成你們的弱點——教官是這麼說的。

不過，已經太遲了。他全身上下早已沾染無用的感情。

「……最近我終於開始覺得好玩了。」

林漸漸理解規則，球技進步了，也學會暗號。他並不討厭自己穿著球衣的模樣。

——再說，沒有我，就無法比賽了。他們鐵定會傷心的。

林不願放棄現在的生活。

「啊？你在胡說什麼？」

緋狼皺起眉頭。

「總之，我不會和你搭檔。」林用強硬的語氣說：「請你離開，別再次出現在我面前，拜託你。」

緋狼沒有回答。他沉默下來，隔了數秒後，揚起嘴角說：

「……這座城市，是吧？」

他意味深長的微笑給林一種不祥的預感。

「既然你這麼眷戀這座城市，我乾脆把它完全破壞掉吧？在博多車站散播病毒，或是在地下鐵引爆炸彈。」

這想必不是單純的威脅。緋狼是個為達目的不擇手段的男人，這一點林最清楚。

「住手！」林厲聲說道：「不然我就必須在這裡殺了你。」

「哦？殺了我？好懷念啊。很好，你就試試看吧。」

「我不想殺你。拜託。」林垂下頭來。「拜託，別讓我殺你。」

「不想殺我？」緋狼說道，難掩焦躁之情。「殺手不想殺人？搞什麼鬼？你居然墮落成一個窩囊廢。」

他的臉上浮現失望之色。

「……我來幫你想起從前吧。」

緋狼動了。

犀利的一腳飛過來。林來不及避開這道出其不意的攻擊，被踢個正著。側腹咯吱作響，林狠狠撞上牆壁。

「恢復從前的你吧。」

緋狼毫不容情地襲來，但林無法反擊，也不想反擊。

再這樣下去，只能一路挨打。

情急之下，林拿出匕首槍，對著緋狼扣下扳機。槍聲響起，子彈飛過緋狼的臉旁，打中背後的窗戶，玻璃隨著巨響應聲碎裂。

緋狼瞥了窗戶一眼，嘲笑道：「你在瞄準哪裡？」

——不，這就夠了。

林拔足疾奔，穿過緋狼身旁。在助跑過後，他用力一蹬，用雙臂護住頭，鞋底朝著碎裂的窗戶，如滑壘般猛然破窗而出。

「！」

玻璃碎片刺入他的腳和手臂。

跳到陽台後，林便跨越欄杆，跳落至地面。然而，他著地時一個閃失，不慎扭傷腳。「混蛋！」林咂了下舌頭。右腳一陣疼痛，即便如此，他也不能停下腳步。

林拖著腳繼續奔跑。必須逃離那個男人。他咬緊牙關，一路狂奔。

——片刻過後，林再也跑不動了。

「……好痛。」

林當場倒下來。

頭頂上是一路延伸的高速公路。林倚著高架橋下的大柱子，警戒周圍。四周不見人影，緋狼並未追上來，似乎甩掉他了。

林在高架橋下的一角發現一間被柵欄圍住的鐵皮小屋，正適合用來藏身。柵門和小屋的門都是開著的，林便擅自入內歇息。

——好，接下來該怎麼辦？

林拿出手機，開啟電源。有七通未接來電，全是馬場打來的。林察覺自己恨不得馬上回電，不禁苦笑。

「……結果還是得靠這傢伙幫忙。」

他按下通話鍵。

「哦，馬場，歡迎光臨。」馬場掀開拉麵攤的布簾，一如往常入座。源造用輕快的口吻對他說：「剛才林來過。」

「小林來過？」

留下意味深長的留書之後便消失無蹤的同居人似乎平安無事。電話一直打不通，馬場十分擔心，沒想到他其實就在附近。

「……啊，馬場大哥，你等很久了嗎？」

馬場坐在邊緣的座位上吃了一會兒拉麵後，榎田露臉了。

源造打量兩人，喃喃說道：「怎麼？你們約好的？」

馬場向在身旁坐下的榎田說明先前發生的事。他追蹤進來，居然遇上猿渡；李被他僱用的殺手反咬一口，現在臥病在床；華九會和獸王進行交易，交換殺手——

「哦？這下子可有意思了。」

榎田一如平時，一副樂不可支的模樣。

「我也掌握了不少情報。我照你的交代，調查林憲明連續殺人案。」拉麵上桌，榎田伸手拿起衛生筷。「這些案子似乎是林老弟的朋友犯下的。」

「朋友？」

「對。」

榎田啪一聲掰開筷子，夾起麵來吃了一大口。他一面咀嚼，一面繼續說道：

「是林老弟從前的好友為了引他出面而設下的圈套。你也知道吧？他小時候受過訓練。」

「訓練？」

這麼一提，初次見面的時候，林說過他從九歲就開始接受訓練。

「那個人是他當時的同學，也是室友。」

「為啥現在才又回頭來找小林？」

「可能是要開同學會吧？這就是那個好友，名字叫緋狼。」

榎田拿出平板電腦，展示男人的照片。

「這個男人——」

馬場看過他。

紅髮，左眼上有傷痕。是和猿渡交手的那個男人，華九會僱用的殺手。

「小林呢？」

「他說要去找緋狼。」

糟糕——馬場皺起眉頭。緋狼背後是華九會，但願林沒有惹上麻煩。

就在馬場拿出手機打算聯絡林的時候，有人打了電話來——是林。馬場立刻按下通話鍵。

『……喂？』林的聲音傳來。

「小林？」

『嗯。』

太好了，他似乎平安無事。馬場鬆一口氣。

「真是的，你跑哪兒去啦？還不快回來。」

『我現在動不了。』

聽到林急迫的聲音，馬場神色一緊。「……發生啥事？」

『我受傷了，腳踝也扭傷，暫時走不動。我在流血，所以不能搭計程車，也不能搭電車……你來接我吧。』

「流血？」馬場瞪大眼睛。「發生啥事？」

『只是打了一架而已，沒什麼。別說了，快點來接我。』

「真拿你沒辦法。」馬場嘆一口氣。「你現在在哪裡？」

『貝塚站附近，高速公路的高架橋下。』

馬場明白大致的位置了。「你等等，我馬上過去，到了以後我會聯絡你。」

說完，馬場掛斷電話。

「怎麼了？」源造探出身子。

「小林被人攻擊。」馬場簡潔地說明原委。「他說他腳扭傷走不動，叫我去接他。我這就跑一趟。」

然而，這或許是敵人的陷阱。緋狼、進來和華九會的動向也值得關注。

小心為上，還是預先做好防備吧。

「老爹，我有件事要拜託你。」

向馬場求助是在三十分鐘前。在林盤算著他差不多該到了的時候，電話響起。

『我到了。小林，你在哪？』

「鐵皮屋裡面。」

『……哦，了解。就是那裡？』

林忍著疼痛站起來，走到小屋外，四下張望。

他在道路的另一頭發現馬場的身影。馬場把手機放在耳邊，正朝著他走來。

「馬場！我在這裡！」

林舉起手示意。

『哦，看到了、看到了。』

馬場察覺林，跑上前來。

下一瞬間——槍聲響起。

馬場的動作倏地停止。他皺起眉頭，摀住腹部，白色的ＰＯＬＯ衫逐漸染紅。

林知道是子彈打中他。馬場中彈了，修長的身軀緩緩往前傾斜，就這麼倒下來。

林睜大眼睛大叫：

「——馬、馬場！」

他拖著腳奔向馬場。馬場就倒在數公尺前，趴在地上，血流如注。

在林伸出手來觸碰他的那一瞬間——

「——那個叫馬場的傢伙是你的什麼人？」

另一個男人的聲音響起。

林心下一驚，回過頭來。

「你——」

——是緋狼。

緋狼就站在那兒，右手上的槍口冒出裊裊硝煙。

林咂了下舌頭。混蛋，原來被跟蹤了？

「抱歉、抱歉，我本來想打腳的，但一不小心打中身體。我不擅長用槍，你也知道吧？」緋狼瞥了林一眼，如此譏嘲。

「緋狼，你這傢伙……」

在林打算拿出武器時，緋狼說了聲「別動」，用槍口指著他。林倏地停下動作，瞪著眼前的男人。

緋狼無視他的視線，問道：「欸，貓，這傢伙是誰？從通話內容判斷，應該是你的朋友或搭檔吧？你頭一個就向他求救，可見很信任他。」

「難道——」

通話內容被聽見了嗎？剛才，緋狼勾住他肩膀的那一瞬間——當時就被安裝了竊聽器？林猛然醒悟，望向肩膀，只見紅背蜘蛛黏在T恤的袖子上。

林咂了下舌頭。那個臭蘑菇頭——他暗自咒罵。榎田是什麼時候把這種多餘的東西交給緋狼？

幾個黑衣男子從四面八方出現，似乎是緋狼的同夥，他們團團包圍住林，用槍口指著他。

「喂。」緋狼用下巴指了指馬場。「把這傢伙搬走。」

眾人照著緋狼的指示行動，扛起虛脫的馬場，打算帶走他。

「緋狼！」

林叫道，逼近緋狼。

「慢著！你們要帶他去哪——」

下一瞬間，強烈的衝擊竄過。

林的頭部被毆，當場倒下來。

「放心吧，我也會帶你一起走。」

在朦朧的意識間，緋狼的笑聲傳入耳中。

八局上

妹妹被殺。

母親也死了。

她們是重要的家人，無可取代的存在。如今，林失去了她們倆。

九歲時，林離開家人身邊，熬過長達五年的嚴苛訓練，成為殺手，從事與危險比鄰的工作。和敵人交手，一路戰勝，捨棄人性，殺人、殺人、殺人，再殺人。為了在這個世界存活下來，他不斷殺人。

一切都是為了家人。

為了再次與母親、妹妹相聚，一同生活。為了家人，他犧牲自己，犧牲別人的性命，雙手染血——

可是，他的家人被奪走了。

『你不是答應不會動我的家人嗎！』

林的怒吼聲響徹組事務所。

上司張是個卑鄙下流的男人。他歪起嘴唇嘲笑：『呆瓜，你以為連法律都不遵守的人會遵守約定嗎？』

這個男人奪走比林的生命更加重要的事物。

『你殺不了我。』張得意洋洋地說道：『你不是殺手，只是個劊子手。』

聞言，林緊咬嘴唇。張不但奪走他的家人，還嘲笑他的存在價值？

——少瞧不起人了。我是殺手，從九歲起就為了成為殺手而接受訓練，十四歲時就已經靠著殺人賺錢。我是不折不扣的職業殺手，才不只是個劊子手。

——別否定我。

——別否定我的人生、我的存在，還有我艱辛熬過的那五年。

林恨不得立刻殺死這個可恨的男人。

可是，他辦不到。

『真落魄啊，林。』

男人俯視趴在地上的自己。

太難堪、太窩囊了。面對自己這般可悲的模樣，林只覺得想哭。

——我是為了什麼活到現在？

這十九年彷彿是白活一場。瞬間，林喪失所有氣力。

『臭小鬼，我這就教教你瞧不起大人會有什麼後果。』

比賽結束，是他輸了。

林感到萬念俱灰。完蛋了——他閉上眼睛，淚水奪眶而出，滑落臉頰。

『——別哭了。』

這道聲音突然傳來。

柔和的博多腔。是馬場的聲音。

林緩緩睜開眼睛。這回他身在車子裡，虛弱無力地躺在馬場的愛車後座。後照鏡映出的馬場表情十分溫柔。

『我沒哭。』

林細若蚊聲地回答。他怎麼會哭？他早已捨棄人性。

『你老是一副自己一個人可以搞定一切的樣子，但人是不能獨自過活的。』

林搖頭否定馬場的話語。

即使如此，他還是得一個人活下去。林就是被如此教育的。

『你最好學會向人求助。』

就算求助，也沒人會幫忙。他正是活在這樣的世界裡。

『給我明太子五年份，我就接下這個委託。』

不過，那傢伙救了他。

『——今後你有啥打算？』

在林吃著泡麵時，馬場突然如此詢問。

林停下筷子。他不知道該如何回答。妹妹的仇已經報了，他暫時沒有目標。若要回國，他已經無家可歸，家人也全死了。他無處可去。

好，接下來要怎麼辦？

總之，暫時住在商務旅館裡，一面尋找新住處吧。然而，林又突然想到一事。他能租房子嗎？國籍問題似乎很麻煩。別的不說，他的身分證是偽造的，要是因為非法居留而被捕，那該怎麼辦？

林沉默下來，陷入思索。

『你沒地方可去麼？』

馬場歪了歪頭，窺探他的臉龐。

哎，認真說起來，確實是沒地方可去——林含糊地回答。

『那你就留下來唄。』

馬場說得一副理所當然的樣子，因此林也不由自主地點頭答應。

『從今天開始，這裡就是你的家了。』

馬場露出白皙的牙齒，微微一笑。

——……我才不想要這種又髒又亂的家咧。

林暗自啐了一句。

八局下

這大概就是所謂的跑馬燈吧？過去的記憶逐一浮現，又逐一消失。

林終於恢復意識，緩緩地睜開眼睛。

視野逐漸開闊，周遭景色變得鮮明。這是哪裡？林歪頭納悶。這是一個十分簡陋的空間，空無一物也沒有窗戶，只是個寬敞的長方形建築物。一邊是鐵欄杆，高度直達天花板，另一頭可看見一扇門，活像個籠子一樣。

林頭痛欲裂。這麼一提，剛才腦袋挨了一記。看來自己之後就昏倒了，被緋狼帶走，關在這個地方。

林發現有個男人倒在數公尺外——是馬場。他一動也不動，看起來宛若死屍，使得林大為動搖。馬場該不會死了吧？

「馬場！」

林高聲叫道，跑上前去跪了下來，猛烈搖晃馬場的身體。

「馬場！喂，馬場！」

「……真是的，吵死了。」

馬場喃喃說道，緩緩坐起身子，抓了抓頭。

林嘆一口氣。「搞什麼啊……我還以為你死了。」

「嗯，的確會死，如果就那樣放著不管的話。」

「咦？」

「你看。」

馬場指著自己的身體。他打赤膊，厚實的胸膛到腹部之間纏著繃帶。

「有人替我包紮，連傷口都縫好了。」說著，他的手指在繃帶上輕描傷口。

仔細一看，林的手腳也纏著繃帶，似乎是有人在他昏迷期間替他治療的。扭傷的腳踝也不感疼痛，大概是打了止痛劑。是緋狼做的嗎？

「可是，他幹嘛特地這麼做？」

「或許是因為他現在還必須留我們活口唄，以後怎麼樣就不知道了。」

緋狼到底在打什麼主意？林覺得毛骨悚然。

雖然身處敵陣中，馬場卻就地躺下來，悠哉地休息。

總之，必須盡快逃離這裡。林仔仔細細地調查整個籠子，尋找有無逃脫路徑，但只是白費功夫。牆壁及地板都沒有漏洞，鐵欄杆安裝得極為牢固，文風不動。林束手無策，只好在馬場身邊坐下來。

沉默持續了好一陣子。

「……欸。」林按捺不住，開口說道：「你什麼也不問嗎？」

仰躺在地的馬場只把視線轉過來。「問啥？」

「……各種疑問。」

為什麼離開事務所，以及緋狼的事。

馬場應該也想知道，卻表現得一派淡然。「你希望我問的話，我就問呀。」

「……倒也不是希望你問啦。」

林忍不住說了違心之論。其實他很想說出來，他認為自己應該對這個男人說明一切。雖然沒有明確的理由，但他希望馬場知道這些事。

「騙你的、騙你的，我很想問。」馬場嗤嗤笑道，坐起上半身，探出身子。「跟我說、跟我說，我付你情報費。」

他不曉得從哪裡摸出一張千圓鈔遞給林。林雖然對他嘻皮笑臉的態度有些不滿，但總算是決心說出一切。

「……真拿你沒辦法。」

「那個開槍打我的男人是誰？」

林撇開視線，回答馬場的問題。「他叫緋狼。」

「你認識他？」

「嗯，我們是在同一個設施長大的。他是我的好朋友。」

「你這個朋友還真粗暴呀。」馬場聳了聳肩。

「緋狼對我很好。他是我的摯友、搭檔，也是唯一的戰友。可是……他打從一開始就打算殺死我。他背叛了我。」

林垂下頭，緊咬嘴唇。

「……一想到他做的事，我就擔心歷史再次重演。」

因此，林才選擇獨自離開。

「所以你留下那張字條，離開事務所？」

林默默點頭。他已經做好挨罵的心理準備。為啥不相信我？我救過你的命呀——他以為馬場會如此責備他。

然而，馬場卻點頭稱是。

「我懂你的心情。」他哀傷地垂下視線，聲音嚴肅且有些沉重。「從前我也被重視的人背叛過。」

「……是嗎？」林抬起頭來，瞪大眼睛。

和這個男人一起生活了半年多，這是林頭一次聽他提起自己的故事。沒想到馬場也經歷過同樣的事，林完全不知情。

「從前，我有個喜歡的人。」

馬場娓娓道來。

「那時候我才二十出頭，是個充滿活力的年輕人。」

這個長相及打扮都死氣沉沉的男人充滿活力的模樣，還真是難以想像——林一面如此暗想，一面傾聽馬場的話語。

「我在中洲喝酒狂歡時，有個女人向我搭訕。她長得很漂亮，我對她一見鍾情。」

聽說這個男人以前花天酒地，連他都一見鍾情，想必是個大美人。

「後來我和她交往，還論及婚嫁，也拜會過她的父母——誰知道她居然是個殺手。」

「……唔？」

這個故事林好像聽過。

「她接近我……是為了殺我。」

「這個……」

錯不了，是小百合。

「當時我真的大受打擊……被最愛的人背叛，令我再也無法相信女人。就算想和別人交往，也會忍不住懷疑對方是否會背叛我。所以，從那時候以來，我就不再拈花惹草。」

「咦？呃……這是你自作自受吧？都是因為你愛拈花惹草，才會嘗到這種苦頭。誰教你輕易被女人的美色迷惑？根本是你自己的錯。」

林覺得認真傾聽的自己根本是在浪費時間。「唉！」他露骨地嘆一口氣。「我開始覺得自己很蠢了。」

緋狼的事讓自己變得疑神疑鬼，簡直像個傻瓜一樣——林嗤之以鼻。他到底在擔心什麼？被這傢伙背叛？被這種呆瓜？未免想太多了。

「這麼一提，之前……」馬場突然憶起一事，改變話題：「我掉進海裡了。」

「……啊？」掉進海裡？

「當時的衣服還沒洗。」

「嘔！」雖然不知道發生什麼事，但馬場似乎是把濕答答的衣服擱著沒洗，八成發臭了。「你好歹洗一洗吧！」

「還有一堆衣服等著洗。某人再不回來，我就沒衣服可穿啦。」

馬場側眼瞥了林一眼，嘴角上揚。

——呃，你不會自己洗啊？

林很想埋怨幾句，但不知何故，嘴角卻浮現笑意。

「……真拿你沒辦法。」林笑了，抬起腰來。他得趕快回去洗衣服才行。「那就快點離開這個鬼地方吧。」

他們不能一直待在這裡。

「你有什麼計策嗎？」

沒有回音。馬場沉默不語，是在思考嗎？

林再次呼喚：「喂，你聽見了嗎？」

「……嗯，聽見了。」

「那我們現在該怎麼辦？」

馬場用食指抵著嘴唇，示意他安靜。

「敵人或許正在監視，不能隨便交談。」

那倒是，林點了點頭。竊聽八成免不了，在這種情況下擬定逃脫計畫，絕對無法成功，因為對手全都知道了。

「小林，你的腳傷還好麼？」

「沒問題。」疼痛已經消失。「止痛劑發揮了藥效。」

「是麼？那就好。我也勉強還走得動。」

馬場用手摀著腹部，緩緩站起來。

「我們好像被綁到華九會的總部裡。」

「……是嗎？」

不過，華九會怎麼會扯上關係？莫非是為了捉他們，而和緋狼聯手？

「這裡是啥地方呀？」馬場環顧周圍。「看起來像籠子，還有奇怪的柵欄。」

林猛然醒悟。華九會總部裡的大籠子——他聯想到一個地方。

「這裡或許是處刑場。」

「……處刑場？」

「我聽過傳聞。」林仍在替華九會效力的時候，曾聽住在總部裡的小嘍囉說過。「是從前會長王龍芳蓋來養老虎的。」

「哦，原來如此，所以才有這些柵欄。」

「可是後來老虎死了，這裡沒有用處，拆掉又嫌可惜。反正有籠子，就拿來當作組織的處刑場，把窗戶封起來，改建成密閉的空間。」林的聲音沉下來。「換句話說，我們待會兒被處刑的可能性很高。」

馬場毫無反應，似乎沒有在聽林說話。

「對喔！」馬場不知想起什麼，興奮地說道：「今天是大濠的煙火大會。」

「啊？」

這傢伙未免太悠哉了吧？林啼笑皆非。

「現在不是管煙火的時候吧？」

「真令人期待呀。」

「你啊……」林不敢置信。再怎麼少根筋也該有個限度，現在這種狀況下，居然還想看煙火？

此時，柵欄另一頭的門應聲開啟。

「看來敵人終於登場了。」馬場的表情倏地緊繃起來。

新田把愛車停在莊嚴氣派的正門前。

他隔著車窗仰望建築物——華九會總部事務所。高大堅固的圍牆環繞下，看來宛若一座要塞。

「……欸，你真的要去嗎？」

新田側眼窺探猿渡。面對興致缺缺的搭檔，猿渡用鼻子哼一聲說：

「當然。那個紅毛小子是華九會僱來的。」

「真的？」

「嗯。」猿渡點頭。情報絕對正確，只是來源他不能說。

「就算是，那個男人也不見得就在總部裡。他在總部的可能性反而比較低。」

「到時候咱就抓住華九會的高層，威脅他交出那小子就行。」

猿渡恨恨地說道，走下了車。他大步邁向正門，按下事務所的門鈴。

見狀，新田一陣愕然，慌忙把臉探出車窗，對猿渡叫道：

「咦？等等，你在幹嘛？」

便門隨即開啟，一個年輕男人出現，八成是華九會的嘍囉。

「啊？你是誰？」男人訝異地瞪著猿渡。

猿渡既未打招呼，也沒有自我介紹，直接切入正題。

「那個紅毛殺手在哪裡？」

面對這個突然的問題，男人皺起眉頭。

「啊？你在說什——」

猿渡動了。他拔出忍者刀，刺入男人的胸口。

「回答咱的問題。」

男人瞪大雙眼，化為屍體倒向地面。

「哇！你在幹嘛！為什麼殺了他！」新田在背後大呼小叫。

猿渡充耳不聞，把臉湊向對講機的鏡頭，吐了吐舌頭。

這麼大動作挑釁，對方應該不會悶不吭聲吧。

果不其然，建築物內有了動靜。只聽見「吱」一聲，緊閉的鐵製正門緩緩往左右開啟。

出現在鐵門另一頭的是三、四十個組員，個個都長得凶神惡煞，手持武器，看上去十分壯觀。

「看來他們忒歡迎咱。」

猿渡面露賊笑。

「……哇，大家的火氣都好大。」新田在車裡抱住頭。

「巨，你先逃走吧。」

「用得著你說嗎！」

新田一回答完便踩下油門。猿渡目送車子逃離後，轉向敵人。

眾人一面口出威嚇與汙言穢語，一面逼近。

猿渡立刻拿出手裏劍。用來打招呼的手裏劍不偏不倚地射中最前列的男人頭部。

——今天的狀況不錯。

猿渡凝視著衝上前來的黑衣軍團，揚起嘴角。

處刑場的大門開啟，緋狼現身。他身後跟著三個男人，個個都穿著華九會成員常穿的那種黑西裝，應該是華九會的人。面對從鐵欄杆另一頭望著他們的這些男人，林打趣道：「我現在的感受活像動物園裡的獅子。」

「你是獅子？說錯了吧，應該是小貓才對。」

緋狼嗤之以鼻，接著對林出示一支手機。

「我看過內容了。」

仔細一看，那是林的手機。是昏迷期間被他偷走的？

「盡是些怪裡怪氣的簡訊。」緋狼一面滑手機，一面念出訊息。「『替我買明太子回來』、『明天九點，在雁巢球場練球』——這是什麼東西？你加入棒球隊了嗎？也不想想自己是個殺手。」

「幹這一行容易累積壓力，我靠運動來發洩。」

「通話紀錄我也看過了，撥出和打來的電話全是『馬場』。就是那小子吧？你們感情很好嘛。」

糟糕——林皺起臉龐。小百合來事務所時，他打了好幾次電話給馬場；馬場為了找他，也不斷打電話給他。

「哈！」情急之下，林只好打哈哈地說道：「感情很好？別開玩笑了，誰跟這種人感情好啊？」

「不好嗎？」

「一點也不好！」

「是嗎？那就好。你撿回一條命了。」

聽緋狼意有所指的口吻，林察覺事有蹊蹺，皺起眉頭問：

「……什麼意思？」

緋狼並未回答，而是呼喚在場的華九會成員：「喂！」並使了個眼色，似乎是在打暗號。

那些男人提著大大的波士頓包，把包包裡的東西逐一從鐵欄杆的縫隙間扔進牢籠裡。野外求生刀、短刀、斧頭、棍棒——連金屬球棒都有。各式各樣的武器在林和馬場之間鏗鏗鏘鏘地滾動著。

這是一幅熟悉的光景。

「你該不會——」

林猛然醒悟。

「你終於發現了？」緋狼嗤之以鼻。「你的腦袋太不靈光啦，貓。該不會是和平的日子過久了，腦筋也變遲鈍吧？」

他樂不可支地瞇起眼睛，下達命令。

「你們兩個自相殘殺吧。活下來的那個，我可以饒他一命。」

原來是這麼回事？林緊咬嘴唇。

緋狼打算重現那場最終考試。

「既然你和他的感情一點也不好，應該下得了手吧？好，快動手。」

——下得了手才怪。

林愣在原地。

「我叫你快動手！」

失去耐心的緋狼粗聲叫道。他從波士頓包中拿出手槍，對馬場開火。槍聲連續作響，子彈避開馬場，擊中周圍的地面與牆壁。威嚇射擊持續了片刻。

不久後，子彈用盡，緋狼扔下槍。「下次我就會打中他。」

「……好唄。」

回答的是馬場。他從緋狼給的武器裡撿起金屬球棒。

球棒不是用來打人的——從前馬場曾這麼說過。他大概是在暗示自己無意戰鬥吧。

再這樣下去，他們會被逼著自相殘殺，但若不從命，便會被殺掉。他們必須設法突破這個困境。林暗自尋思。對手包含緋狼在內共有四人，所幸林藏在懷裡的武器還在。剛才他和緋狼對峙時開了一槍，子彈剩下兩發，就算能一槍打死一個人，也還缺兩人份的子彈。

幸好現場還有其他武器。敵人給他們的刀子、短刀、斧頭、棍棒……倒也不是不能用。用匕首槍射殺其中兩人，剩下的扔擲刀子或短刀解決。條件雖然嚴苛，但也只能硬著頭皮上了。

林從武器堆裡撿起刀子，同時從懷中取出武器，迅速掉包，以防被發現。

「快開始吧。」緋狼再度下令。

林立即採取行動。

他伸長手臂，舉起匕首槍，用槍口指著緋狼。在他瞄準目標，打算扣下扳機的那一瞬間，槍聲響起，衝擊竄過右手。

華九會的男人同樣用槍指著林的右手。子彈擊中刀刃，林的武器被彈得老遠。

「你太嫩了，貓。」緋狼露出得意洋洋的表情。「你打什麼算盤，我一清二楚。」

混蛋——林咂了下舌頭。

「你好像很不願意殺他嘛。」緋狼聳了聳肩。「既然這樣，我就幫你動手吧。」

說著，緋狼揚了揚林的手機。

「你的人際關係已經被我摸透了，我會讓這裡的所有人都嘗到同樣的苦頭，就連你的棒球隊隊友也不例外。我會一直持續下去，直到你殺了他們之中的某人為止。如果你辦不到，我就當著你的面殺了對方，就像這樣。」

緋狼從包包中取出武器——是十字弓。

「從這小子開始。」他轉向馬場，舉起十字弓。「這枝箭上抹了毒，你可以慢慢欣賞朋友痛苦而死的模樣。」

「住手！」情急之下，林如此大叫。他抓住鐵欄杆，粗聲說道：「你的目標是我吧！那就射我啊！」

然而，緋狼並未回答。他的嘴角上揚，十字弓依然瞄準馬場。

「——林。」

有人呼喚林的名字。是馬場的聲音。

林心下一驚，轉頭看向他。

「沒事的。」

馬場把球棒扛在肩膀上。他的右手動了，先摸皮帶，接著把手放到胸口。

林猛然醒悟。他看過這個手勢——對，是「那個」。這是暗號，打帶跑的暗號。在球投出的同時起跑。

馬場要他跑。在緋狼扣下扳機的同時，奔跑閃躲。

不過，縱使自己能逃過一劫，馬場呢？

『別管打者。就相信隊友一定會打到球，放膽起跑唄。』

林突然想起馬場說過的話。

——相信隊友一定會打到球。

好，既然馬場這麼說了，就相信他吧。

林瞞著敵人對馬場微微地點頭。

——你可別揮棒落空啊。

緋狼扣下了扳機。

在趙的命令下，進來籌措了各種武器，並找來密醫，治療擄來的兩個男人。他會協助趙，全是為了救李瑞希的性命。

雖然不知道趙和那個叫林憲明的男人之間有什麼恩怨，但進來已經厭煩了。到底得陪他演這齣鬧劇到什麼時候？進來露出苦澀的表情，靜觀事情的發展。

籠子裡有兩個男人，趙正用十字弓瞄準其中一人。

趙緩緩地扣下扳機。

毒箭發出銳利的聲音，猛然射出。

瞬間，宛若事前說好一般，兩個男人動了，幾乎和趙放箭是同一時間。

前頭的男人——林拔足疾奔，毫不遲疑地衝向掉落在地的武器。

至於馬場，則是在不知不覺間舉起金屬球棒，雙手握柄，把飛來的箭打回去。

鏗！微小的金屬聲響起。

「嗚啊！」

發出哀號的是進來身旁的部下。彈回的箭穿過鐵欄杆之間，射中部下的喉結。

趁眾人的注意力被倒地掙扎的部下吸引之際，林撿起刀子。

——目標是趙。林進入他左眼的死角，匕首槍指著他。

下一瞬間，林扣下扳機，槍聲響徹四周。

子彈打中趙的腹部。趙發出呻吟，雙手摀住傷口，搖搖晃晃地跪倒在地。

下一道攻擊襲向動作變得遲鈍的趙。馬場撿起短刀，朝著趙扔去。

趙撲向右側，躲避猛然飛來的短刀，但他未能完全閃開。刀射中伸直的左腳。趙齜牙咧嘴，痛得皺起臉龐。

林又舉起武器瞄準趙，眼看就要扣下扳機。

進來在無意識間動了。

不能讓趙喪命。要是他死了，那個人就沒救了——進來的身體自行做出反應，跳到趙的身前。子彈射中進來的胸口。

「進來先生！」另一個部下大叫。

宛若肺部被捏扁的感覺襲來，鮮血汩汩流出。進來咬緊牙關下令：「帶他走！快……」

部下點了點頭，扛起倒地的趙，立刻逃向屋外。門被慌慌張張地關上。

目送部下的背影離去後，進來當場倒下來。

他喘不過氣，四肢無力，或許會死吧。

進來咳出好幾口血，染紅的嘴唇露出笑意。

——這樣也好。

眼皮變得越來越沉重。他支撐不住，閉上眼睛，那個人的臉龐浮現於眼底。

沒殺掉緋狼。

射中緋狼的子彈只有一發，而且是打中腹部，稱不上致命傷。為什麼他總是在緊要關頭失手？

一個男人抱著負傷的緋狼逃到屋外，門被關起來，林和馬場再次被關住。

「混蛋！」

林啐道，踹了鐵欄杆一腳。

背後傳來毫無緊張感的聲音：「嘿咻～」只見馬場盤腿坐下來。

「喂，你在幹嘛？」

「有點累了，休息一下。」

面對嘻皮笑臉的男人，林忍不住嘆氣。這傢伙到底少了幾根筋啊？

「現在是休息的時候嗎？這裡是毒氣室耶。」

林曾經聽說過，這棟建築物裝有監視器，王龍芳從前常在另一個房間一面喝酒，一面欣賞別人痛苦而死的模樣。

換句話說，只要華九會的人有意，隨時可以殺掉他們。

「這麼說來……」馬場仰頭指著天花板，「那些煙是毒氣？」

「喂，不會吧——」林抬頭一看，臉上血色全失。

天花板上的裝置噴出白煙，而且煙變得越來越濃。

林連忙以手掌摀住嘴巴。

「用毒氣處刑，真有品味呀。」

「別說話了，白痴！會把煙吸進去！」

林叫道。就在這時候——

砰！建築物外頭傳來轟然巨響。

「哦，終於到了放煙火的時間啦。」馬場說。

「你到底有多蠢……」

現在是關心煙火的時候嗎？

「——嗯，知道了。」

馬場突然點頭說道。

他抓住林的手，用力一拉。

「咦？等等，喂！」

到底怎麼了？林訝異地仰望馬場，他的嘴唇微微地動了，似乎在喃喃自語，但是被煙火聲蓋過。

只見馬場嘴角上揚，露出牙齒。林不敢相信，在這種狀況下他居然還笑得出來？

煙火聲停止。一瞬間，周圍變得鴉雀無聲。

「——啪！」

馬場說了句莫名其妙的話。

下一瞬間，巨大的轟隆聲響起，建築物一陣搖晃。

是地震嗎？

林倒抽一口氣。

不，不對，不是地震。

有股刺鼻的火藥味。

——是爆炸。

九局上

「——老爹，我有件事要拜託你。」

馬場一如平時，露出平易近人的笑容。

「拜託我？啥事？」

「要是我們出了事，請你來救我們。」

馬場說他要去接林回來，或許是為了預防萬一吧。

「連我這個退休的老頭子都要使喚？這筆帳可不便宜呀。」

馬場回以笑容。「沒關係。」

「真拿你沒辦法。」源造聳了聳肩，答應馬場的請求。「為了可愛的後輩，我就犧牲點唄。」

「什麼？什麼？」榎田吃光了拉麵，探出身子問：「你們在說什麼好玩的事？我也要加入。」

「那當然。」馬場點頭。「我會帶著發訊器，榎田老弟，請你追蹤我的動向。」

榎田點頭允諾。

「啊，對了。」榎田又從包包裡拿出一個黑色塊狀物體。「這個也帶著吧，以備不時之需。」

「……這是啥？」

「紅背蜘蛛型通訊器。」

「通訊器？你又做了啥怪東西呀……」源造苦笑。

「這是免手持就可以互相聯絡的好東西，只要塞進耳朵便能聽見對方的聲音，也能接收自己的聲音。」

源造和馬場各自接過通訊器。

「……把這個塞進耳朵？」馬場不太樂意。「真噁心。用不著做成這種形狀唄。」

「很帥啊。」榎田嘟起嘴巴，接著又從包包裡拿出更多東西。「還有其他的。紅背蜘蛛型手榴彈、紅背蜘蛛型塑膠炸彈。」

他將偌大的蜘蛛型炸彈放在拉麵碗旁邊。

「還有鑰匙圈，你要嗎？」

「免了。」

「總之，我一和小林平安會合，就會立刻打電話給你。」開車從這裡到林所在的地點，二十分鐘綽綽有餘。「要是過了三十分鐘我還沒聯絡——」

代表馬場陷入不測的事態。

屆時，源造等人會透過發訊器找出馬場的下落，前去救他——這就是他們的計畫。

結果過了三十分鐘，馬場依然沒有聯絡；源造主動打電話，馬場也沒有接聽，看來並不是因為煙火大會而塞車。

似乎出事了。

源造連忙收攤回到家裡，從五斗櫃和壁櫥中拿出昔日的營生工具：衣服、墨鏡，還有各種武器。他換上西裝，披上米黃色大衣。真令人懷念啊，不知有幾年沒穿過這套衣服了。

整裝完畢後，源造坐進車裡，並在路上接榎田上車，讓他坐上副駕駛座。

「他們現在在哪兒？」

「馬場大哥出發後，我一直盯著他的動向。」榎田聳了聳肩。「他好像移動了。從標記的移動速度判斷，應該是坐車，可是朝著反方向前進。」

這麼說來，他並不是開自己的車。「……被綁架了？」

「八成是。」榎田打開電腦，指著畫面說：「他現在在這裡。」

畫面上顯示的是福岡市地圖，紅色圓形標記即是馬場現在的所在位置。

「這棟建築物是啥？」

「華九會的總部。」

——華九會。

聽到這個名字，源造一陣錯愕。

「這下子可糟糕了。」

看來這份工作會變得很吃力。源造暗自感嘆不該輕易接下委託，發車前進。

二十分鐘後，源造等人抵達華九會的總部事務所。

源造把車子停在建築物不遠處，盯著電腦螢幕上的地圖。閃爍的紅色圓形標記突然消失了。

「被發現了麼？」

或許是敵人發現馬場的發訊器，加以破壞。

「也可能是壞掉了。發訊器怕熱也怕水。」

榎田的話語勾起源造不快的想像。或許馬場正被浸在水中拷問。最糟的情況，搞不好已經變成屍體，被燒成灰了。

源造立刻將紅背蜘蛛型通訊器塞入右耳，試著聯絡馬場。「馬場，你聽見了麼？回答我。」

然而，沒有回音，也聽不見任何聲音。

這該不會是失敗作唄？源造皺起眉頭，側眼瞪著身旁的蘑菇頭。

源造再度呼喚，這回略微放大音量。

「你聽見了麼？馬場，回答我。」

『——嗯，聽見了。』

總算有回音。

「好。」

至少現在聯絡上了，馬場也還活著。太好了。

『敵人或許正在監視。』聲音很清晰，通訊狀態良好。『不能隨便交談。』

聞言，源造點了點頭。「這樣呀。」

敵人現在雖然不在身旁，但或許躲在某處窺探馬場的動靜——從他的語意判斷，應該是這麼回事。

「量力而為就行了，向我報告現況。你有沒有受傷？」

相隔數秒後，通訊器傳來聲音。

『小林，你的腳傷還好麼？』

林似乎也在附近。

『是麼？那就好。我也勉強還走得動。』

他們兩個都受傷了？雖然傷勢似乎不嚴重，但依然令人擔心。

「馬場，你聽好。你們現在位於華九會總部。」

『……我們好像被綁到華九會的總部裡。』

馬場複述一遍，大概是為了告知林吧。

「ＧＰＳ好像完全壞了，標記消失。」源造他們無法繼續追蹤馬場。「你們現在在哪兒？」

『這裡是啥地方呀……看起來像籠子，還有奇怪的柵欄。』

「籠子？柵欄？」

莫非他們被關在牢房裡？

『……處刑場？』

源造重複馬場的喃喃自語：

「處刑場？」

此時，身旁的榎田出聲說道：

「啊，我大概知道了。」

他敲打鍵盤，在電腦螢幕上叫出總部事務所的平面圖。他指著其中一處。

「八成是這裡。我聽說過華九會總部有個處刑場，從前是用來飼養老虎的小屋。」

源造點了點頭，再度對馬場說：

「我知道你們的位置了，現在就去救你們。今天是煙火大會，製造一點槍砲聲應該也無妨。」

煙火聲能夠替他掩蓋槍砲聲。

『對喔！今天是大濠的煙火大會。』

「睽違十年的復出戰，我就好好大鬧一場唄。」源造緊握炸彈，面露賊笑。

『真令人期待呀。』馬場也笑了。

源造把車子開到總部事務所後側，緊挨著圍牆停下來。他踩著窗緣爬上車頂，窺探屋內的動靜。沒有人的氣息，也沒有守衛。趁現在！源造從車子跳到圍牆上，又跳下院子。入侵成功。

他拿著馬場事前交給他保管的日本刀和自己的武器，一面隱匿行跡，一面慎重地前進。片刻過後，白牆建築物映入眼簾，外觀看起來像是一座倉庫。

——找到了。那就是處刑場？馬場和林就被關在那裡？

只見有人衝出建築物，是個黑衣男子，手上抱著受傷的年輕男人。他鎖上門，離開處刑場。

「喂，裡頭那些傢伙該怎麼處理？」

「用毒氣殺掉他們。」

臨去前，傳來了駭人聽聞的對話聲。

確認男人們離去後，源造再度呼喚馬場：「馬場，你沒事唄？」

過一會兒——

『有點累了，休息一下。』

通訊器傳來這句話。馬場似乎正在和林說話。

「那幫人說要用毒氣殺人，應該就是要殺你們唄？」

『……這麼說來，那些煙是毒氣？』

看來時間所剩不多，必須快點救他們出來。

『用毒氣處刑，真有品味呀。』

在馬場說出這番悠哉的話語時——

砰！一道轟隆巨響傳來，色彩鮮豔的煙火竄上夜空。時間是八點整，大濠的煙火大會似乎開始了。

源造把炸彈安裝在建築物的牆壁上。那是榎田給他的紅背蜘蛛型塑膠炸彈。

「我這邊也完成施放準備了。」

『哦，終於到了放煙火的時間啦。』

「我把炸彈裝在門口附近，你們快逃到另一頭去。」

『嗯，知道了。』

「那就開始倒數唄。」

說著，源造淘氣地笑了。

「三。」

『二。』馬場的聲音傳來。

「一。」

『啪！』兩人同時輕聲說道。「啪！」

源造按下引爆裝置的開關。

接著，爆炸聲轟隆作響。

一如預期，牆壁崩塌，出現一個大洞，兩個男人從洞裡衝出來。

「喂，你們沒事唄？」源造對他們說道。

九局下

發生什麼事？林瞪大眼睛。

只見處刑場因為突如其來的爆炸而崩塌，欄杆也因而損壞，牆壁上出現一個大洞。

「林！」馬場高聲催促他。「快出去！」

林和馬場穿過大洞，逃離了毒氣。他們來到屋外，呼吸新鮮空氣。

眼前是中庭，一大片漂亮的日式庭園，有松樹、有燈籠，甚至還有架著橋的池塘。在日式庭園另一頭，矗立著一座大宅院。林看過那棟建築物，是華九會的總部。從前，張曾帶他來過一次。

松樹的陰影底下出現一個男人。時值夏天，那個男人卻穿著米黃色大衣，戴著墨鏡，肩上扛著衝鋒槍，一身危險裝扮。是誰？是敵人嗎？林立刻擺出迎戰架式。

「喂，你們沒事唄？」

男人高聲說道，走向他們。他拿下墨鏡，面露賊笑。那是張熟面孔——源造。

「老爺子，你怎麼會——」

林瞪大眼睛。源造為何在這裡？

「是我拜託他來的。」在林為了意料之外的援軍而吃驚時，一旁的馬場給了答案。他把視線轉向源造，微微一笑。「老爹，謝啦，得救了。」

源造輕輕地搖手說：「這點小事沒啥好謝的。」

「你是什麼時候拜託他的啊……」林完全不知情。

「來救你之前。」

來救我之前——在緋狼抓住我們之前？馬場知道我被跟蹤嗎？還是為了預防萬一？就算如此，他是怎麼和源造聯絡的？林的腦海中浮現各種疑問。他將種種疑惑彙整成一句：「到底是怎麼一回事？」但馬場並未回答。

幾個組員聽見爆炸聲，從宅院裡飛奔而出。

源造立刻從懷中拿出某個狀似炸彈的物品，是紅背蜘蛛形狀的手榴彈。他拔掉充當安全栓的蜘蛛腳，把手榴彈扔向敵人。手榴彈爆裂，所有男人都被炸飛了。

這些男人都拿著手槍，逃過爆炸的倖存者舉起槍來，見狀，源造拔足疾奔，壓低姿勢，一面滑行一面用衝鋒槍口指向敵人。他邊滑邊扣下扳機。噠噠噠噠！槍聲連續響起，源造一口氣解決了所有人。

見到源造那副讓人感覺不出年齡的身手，馬場不禁感嘆：「真是寶刀未老呀。」

「……話說回來，敵人的數量未免太少了唄？」

源造凝視著剛出爐的屍體，喃喃說道。

他們鬧得天翻地覆，原本以為會被更多人包圍，但現身的男人只有五、六個，令源造大感錯愕。

是人手正好都派出去了嗎？無論如何，情況對他們有利。

「剩下的嘍囉交給我。」源造把日本刀扔給馬場。那是馬場的愛刀。「你們去完成自己的工作唄。」

「知道了。」馬場單手接刀，點了點頭。

林與馬場和源造分頭行動，待會兒源造會開車來接他們。

他們從中庭入侵宅院。打破玻璃門闖入屋內後，映入眼簾的是一條往左右延伸的長廊。

「幹部交給你解決。」林背向馬場。「我去找緋狼。」

「等等。」林才踏出一步，馬場便抓住他的肩膀制止他。「找到他以後，你打算怎麼辦？」

「當然是殺了他。」

「這麼做真的好麼?」

馬場問道，林一時語塞。

「他不是你的朋友麼?」

「……可是，不能留他活命。」

緋狼查看過林的手機，要是讓緋狼逃走，或許歷史又會重演。這次是馬場，下次不知道會是誰被盯上。榎田?源造?林不想拖大家下水。

「……讓我來唄?」馬場問道。讓我替你殺了緋狼唄?他本來是你的好友，你何苦特地追上去了結他的性命?與其強迫自己狠下心來殺他，不如交給別人代勞——馬場大概是這個意思。

林搖了搖頭。

「我要自己動手。」林必須這麼做。自己必須親手了結這件事，他有這種感覺。

「讓我去吧。」

林甩開馬場的手，邁開腳步。就在這時候——

「——又見面啦，呆瓜臉。」

另一個男人的聲音傳來。

林心下一驚，轉過視線，只見走廊盡頭站著一個熟悉的男人，身穿連帽上衣加上黑色哈倫褲，嘴上蒙著布，右手拿著忍者刀。

「呃！」

林皺起眉頭。是那小子，潛水艇忍者。誰不好遇，為什麼偏偏遇上這小子？而且還是在這種關頭。

「哇……來了個麻煩鬼。」馬場也露出露骨的厭惡之色。「你該不會是來找我的唄？」

「不是。」

他的左臂抱著一個男人，八成是華九會的小嘍囉。那人似乎被折騰得很慘，渾身是血，已經奄奄一息。

「咱是來找一個姓趙的紅毛殺手。這個男的說他在宅院裡，所以咱就進來找，結果遇上你。」

他說紅毛殺手？

——這傢伙該不會盯上緋狼了吧？

他們追殺的是同一個人，衝突自然無法避免。然而，林很清楚這個男人有多少實力，而且他不是個輕易打退堂鼓的人。

林皺起眉頭。當他耗在這裡的時候，緋狼已經——

「快去唄，小林。」

馬場突然輕聲說道。

擦身而過之際，他把手放到林的肩膀上。

「拖延這小子的工作包在我身上。」

林點了點頭，旋踵離去。

✷

「我不能讓你殺了那個殺手。」

目送林疾奔而去之後——

「所以，能不能請你就此罷手？」

馬場轉向眼前的男人。

「啊？想都甭想。」猿渡啐道。

「我想也是。」

馬場露出苦笑。這男人不是可以用溝通解決的人。

「要是你想礙事，我就不客氣了。」

馬場拔出日本刀，擺出架式。

「礙事的是你！」猿渡助跑後高高躍起，拿出武器朝馬場揮落。

日本刀與忍者刀交鋒。

雙方武器長短不同，在狹窄的走廊上，馬場處於壓倒性的不利狀態。在這種地方，他根本無法盡情揮舞日本刀。

「你還是一樣衝動呀……」

馬場挺刀接住對手的一擊，並順勢往左揮去。猿渡的身體撞上紙門，紙門承受不住重量，應聲脫落，猿渡跟著倒進房裡。

「……這句話是咱要說的！」猿渡咂了下舌頭，迅速站起來。

馬場也追入房內。那是一間空無一物的寬敞和室，八成是供住在宅院裡的基層組員睡覺用的通舖。房間相當寬敞，他可以充分施展手腳。

馬場重新握好日本刀，凝視著對手。

猿渡已經重整陣腳，右手拿著忍者刀，左手拿著黑色刀鞘，進入備戰狀態。

就在馬場打算施展下一擊時，腹部竄過一陣痛楚。被緋狼開槍打傷的傷口正在哀號。止痛劑的藥效過了嗎？馬場故作平靜，仍與對手對峙。

時間拖得越長，自己的動作就會變得越遲鈍，他必須快點分出勝負。

這回輪到馬場主動進攻。他的刀尖直指對手，往前衝刺。猿渡打了個滾，躲開攻擊。刀刺進了紙門。

「怎麼了？你在急什麼？」

在馬場將刀拔出紙門的時候，背後的猿渡動了。馬場及時低下頭來，躲過朝脖子揮落的一刀。

猿渡的動作極快，一擊不中又立刻展開下一波攻擊，迴旋踢踢中馬場的側腹。馬場踉蹌幾步，跪倒在地。換作平時，這樣的攻擊他絕對躲得開，但現在身體不聽使喚。

「……我只是想快點去看煙火而已。」

「哦？」

傷口越來越引人注意，只要多動一下，就變得更痛一分。額頭開始冒出令人不快的汗水，顯然不是夏夜的暑氣造成的。

——情況不妙。

馬場暫且往後退出攻擊範圍之外，與猿渡保持距離，靜靜地反覆呼吸。他的氣息變得急促許多。

「甭想逃。」

縱使敵人拉開距離，猿渡的攻勢依然沒有減緩。他從懷中掏出某樣塊狀物體。

——手裏劍。

猿渡打算扔手裏劍。他的左腳迅速地上下擺動，是揮臂式投球法。體重從右腳移向左腳，緊接著甩動手臂。那是一種看過就不會忘記的獨特姿勢。

馬場用雙手重新握刀。他要直接迎擊，把手裏劍打回去。

手裏劍朝自己的身體一直線飛來。馬場看清了軌道，只須抓準時機揮刀即可。他用力踩穩左腳，以防揮刀過慢，並扭轉腰部，大刀一揮。

打到了——馬場暗忖。

「啥——」

然而，完全沒有擊中的觸感。馬場瞪大眼睛。

日本刀劃過空氣，揮棒落空。

手裏劍在馬場的前方下沉。馬場猛然醒悟，這種軌道——難道是變化球？

下一瞬間，一陣劇痛竄過腳部。手裏劍刺中了腳。馬場的身體搖晃傾斜，失去平衡，一屁股跌坐在地。

他心下一驚，抬起視線，只見猿渡就站在眼前，用忍者刀指著自己的鼻尖，嘴角上揚。

剛才那一投，一面轉彎一面往打者的腳邊下沉的軌道……

「——伸卡球？」馬場喃喃說道，露出了笑容。沒想到猿渡開發出新球路。「……是我輸了。」

「這次是。」猿渡回以心滿意足的笑容。「這下子是一勝一敗。」

猿渡用鼻子哼了一聲，還刀入鞘。

「今天先饒過你吧……反正你好像也不在最佳狀態。」

說著，他瞥了馬場的身體一眼。

仔細一看，纏繞腹部的繃帶滲出血，傷口似乎裂開了。

「……謝啦。」

馬場摀著腹部，面露苦笑。

「——哎呀？你要去哪兒？」

馬場叫住旋踵離去的猿渡。

「回小倉。贏了你，咱滿足了。趙已經不重要。」

猿渡邊克制呵欠邊說道。

總之，馬場成功地拖住猿渡。不過，虧他向林誇口「包在我身上」，結果卻是這樣，面子實在有點掛不住。

「……下次我會把你的球打出去。」

馬場心有不甘地對著離去的背影說。

「哈！」猿渡回過頭來，滿不在乎地笑道：「咱會三球三振你。」

林找遍了總部事務所，依然不見緋狼的身影；非但如此，連半個華九會的人都沒有。有人把他們全數收拾掉了嗎？是源造？還是那個冒牌忍者？

林跑遍宅院，好不容易找到一個基層組員逼問，他說緋狼從後門逃走了。

林立刻衝出宅院，橫越鋪著碎石子的庭園繞到後側。那裡有一扇小門，門是開著的，地面上血跡斑斑，而且血跡還沒乾。這一定是緋狼的血，他逃走的時候經過了這裡。

血跡一滴滴地在混凝土地上延伸，替林指引緋狼的下落。

林循著印記前進，來到一條樹木並列於兩側的道路。

——緋狼就在那裡。

朦朧的燈光隱隱約約地照亮緋狼的身影。他摀著腹部，跌跌撞撞地行走。

「緋狼！」

林叫道，緋狼停下腳步。

雖然對手身負重傷，但仍可能遭受出其不意的反擊，林握住武器，一面警戒一面逼近緋狼。

「……貓。」當林逼近至攻擊可及的距離時，緋狼回過頭來。「你下不了手殺我的。」

鮮血從他的嘴裡流出。緋狼笑了，露出染紅的牙齒。他天真無邪的笑容一點也沒變，依然帶有當年的影子。

瞬間，林的身體變得動彈不得。

五年間的記憶猶如濁流般湧入腦海。緋狼那張稚氣未消的臉龐，他的友善，他的親切，他對林的鼓勵、斥責與互相讚許——共度的時光在腦中鮮明重現。

他的身旁曾是林的棲所，他的笑容總是在眼前。那張耀眼的笑容拯救了林無數次，替林照亮封閉又黑暗的道路。

——離開工廠以後，要不要一起工作？一起搭檔賺大錢，每天開開心心地生活。

那個約定是林唯一的希望，是他有生以來初次懷抱的夢想，所以一直束縛著他。

「看吧。」

看見林動彈不得的模樣，緋狼笑了。「你果然下不了手。」他如此譏嘲，就和那時候一樣。

林緩緩地搖頭。

「……不，我下得了手。」

現在的林下得了手。

「我已經和當年不一樣。」

林用力點了點頭。沒錯，他和六年前不同了，所以下得了手。

他花費六年的時間，才找回當時捨棄的事物。

不能再被奪走。

林下定決心，握住刀子。

——一瞬間的遲疑會要了你的命。以後你就是生活在這樣的世界。

就連這時候都想起教官的話，林不禁笑了。吵死啦，混蛋教官。

「……再見了，緋。」

林把刀子垂直插入對手的心臟，用力往右轉動。活人血肉的觸感從手掌鮮明地傳遞過來。

「嗚，咕……啊！」

緋狼瞪大眼睛，嘔出了血，膝蓋跪地，仰天倒下來。

「……貓。」緋狼呼喚林的名字。

他一面急促地呼吸，一面輕笑。

「我一直……很羨慕你。」

他抖著染血的嘴唇，斷斷續續地說道：

「你有溫柔的母親……有家人……也有才能……成績總是比我好。」

「是啊。」

林喃喃說道。不過，現在不同，他的家人已經死了。

「還有朋友……你總是……擁有我沒有的東西……」

他咳出了好幾口血。

「直到最後……我都很羨慕你——」

言語戛然而止。

緋狼一動也不動。林輕輕觸摸他的脖子，確認脈搏。他死了，這次真的死了。

林輕撫緋狼的眼皮，替他闔上瞪大的眼眸。闔上雙眼的那張臉也和六年前一模一樣。

緋狼死了——是自己殺死他的。

不可思議的是，林並未流淚，也沒有從前那種虛無感。不知何故，他甚至有種鬆一口氣的感覺。

「……到頭來，我們兩個註定只能活一個。」

這個男人是從前的自己。過去創造出的亡靈終於消失，林總算解脫了。

他深深地嘆一口氣。

仰望天空，可看見煙火。

「——林！小林！」

馬場的聲音夾雜在煙火聲中傳來。他在道路另一頭揮著手，呼喚自己。

「小林，你沒事唄～？」

林點頭回應氣喘吁吁地跑向他的馬場。

「……沒事。已經結束了。」

林瞥了緋狼的屍體一眼，轉過身去。馬場並未多問什麼。

「話說回來，我才要問你有沒有事咧。」林移動視線，一臉錯愕地指著馬場的腳。

「你的腳上插著手裏劍耶。」

「哦，這個呀？沒事、沒事。」

「那個忍者小子呢？你做掉他了？」

「不。」馬場面露苦笑，搖了搖頭。「他饒了我一命。」

兩人都是遍體鱗傷，踉踉蹌蹌地並肩而行。一輛老爺車停在後門前，駕駛座上坐著源造，副駕駛座上坐著榎田。

源造示意他們快點上車。

「好，回家唄。」

這一瞬間，林鬆懈下來，身體也跟著虛脫了。

「……小林？」

馬場的聲音聽起來莫名遙遠。同時，林的身體晃了一晃，當場倒下來。

賽後訪談

『——打擊出去！球飛得又高又遠！飛出去了！是再見全壘打！』

實況主播的尖叫聲格外刺耳。多虧他的叫聲，林醒來了。

林躺在床上，迷迷糊糊地回憶。他只記得正要坐上源造的車，之後就沒有記憶。自己是在那時候昏倒的嗎？大概是一鬆懈下來便失去意識吧。

『再見三分全壘打！終於打出去了！刷新自我紀錄，本季第六十六支全壘打！延長賽第十局，卡布雷拉選手刷新紀錄的全壘打精彩地決定了比賽的勝負！』

「……吵死了。」

林喃喃說道，坐起上半身。

「——呀，醒啦？」

看著電視的鳥窩頭轉過頭來。他正在吃泡麵，還吃得嘖嘖有聲。這是林再熟悉不過的光景。

「你的傷還好唄？」

馬場一面咀嚼麵條一面詢問，是再熟悉不過的博多腔。

「要吃麼？」

馬場遞出泡麵。熟悉的豚骨味現在沒能勾起林的食欲。

「不，不用了。」林搖頭。「真虧你傷成這樣還吃得下去。」

「我跟你的鍛鍊方式不一樣。」馬場得意洋洋地展示肌肉。

一陣子沒見，馬場偵探事務所變得亂七八糟。正如林所想像的一般，垃圾和骯髒衣物堆積如山。林環顧房間，忍不住嘆一口氣，心想至少收拾一下嘛。明天一整天大概都得耗在打掃和洗衣服之上。

「結果煙火大會還是沒去成。」

馬場關掉電視，垂頭喪氣地說道。今年沒能參加博多祇園山笠祭，也沒能觀賞大濠的煙火，他感到十分失落。

「煙火隨時都能看啊。」

今天是八月一日，煙火季還長得很。

「那下次我們去東區的唄，邀大家一起去。」馬場一派輕鬆地提議。

大家——林的腦中浮現隊友們的臉龐。大家一起去？想必很熱鬧吧。

林知道煙火大會是什麼，但他從未去過。應該很好玩吧？他想像著人群中穿著浴衣和木屐的自己，也想吃吃看蘋果糖。

「……呀，對了、對了，小林。」

馬場想起一事，開口說道。

「幹嘛？」林回過頭來。

馬場瞇起眼睛。

「——歡迎回來。」

林愣了一愣，凝視著馬場。

馬場又對猛眨眼的林說一次：「歡迎回來。」

啊！這麼一提，他還沒說呢。無論是今天，或是過去。

真實感終於湧現。他回來了，平安回到這個地方。

所以，他總算能夠說出這句話。

「……我回來了。」

不知何故，淚水奪眶而出。聲音變得嘶啞，讓林沒能好好說完這句話。

賽後典禮

九月上旬，今天東區將舉辦煙火大會。

豚骨拉麵團決定取消練習，全體一起去看煙火，因此，林來到次郎經營的酒吧「Babylon」，請次郎幫他穿浴衣。

著裝完畢後，次郎開始替林打理髮型。

「之前的短鮑伯頭也挺可愛的。」次郎一面整理林的長髮，一面心滿意足地點了點頭。「不過還是這種髮型最適合你。」

「……是嗎？」

林面有得色地喃喃說道，開始回憶。

一個月前，林剪掉了長髮。

『——真的沒關係嗎？』

次郎一臉嚴肅地問道。這已經是他第三次詢問這個問題。

『嗯。』

林坐在次郎店裡的凳子上，點了點頭。綁在脖子上的圍巾覆蓋全身。

『真的真的沒關係嗎？』

『我不是說過沒關係了嗎？你很囉唆耶。』

次郎拿著剪刀，依然遲疑不決。

『因為頭髮是女人的生命啊！』

『頭髮要不了多久就會長回來了吧……再說，我是男人。』

『一口氣剪掉真的沒關係嗎？』

『沒關係啦！』

林答得簡潔有力，次郎只好不情不願地點頭。『……好吧。』

次郎開始修剪林的頭髮。喀嚓、喀嚓，清脆的聲音響徹安靜的店內，成束的褐色髮絲接二連三地滑落。

『討厭，好可惜喔，這麼漂亮的頭髮……』

剪完頭髮後，次郎遞了一面手拿鏡給林。

林攬鏡自照，見到自己短鮑伯頭的模樣，笑說：『還不賴嘛。』挺好看的啊。脖子很涼快，清爽多了。

『話說回來，你怎麼會突然想把頭髮剪短……是失戀了嗎？』

『怎麼可能？』

林笑著否定次郎的話語。

『用不著繼續留長髮了。』

打扮成女人，能夠讓林有種妹妹就在身邊陪伴自己的感覺。他把過世的妹妹和自己的身影重疊，藉此排遣寂寞。

不過，現在已經不要緊。即使不這麼做，他也有活下去的勇氣。

『我決定不扮女裝了。』

林頂著神清氣爽的表情如此說道，次郎睜大眼睛，發出驚嘆聲：『哎呀！』

——剪髮之後，過了一個月。

林之前雖然宣告不再扮女裝，但現在化著妝，穿著白底淡藍色牽牛花圖案的女用浴衣，一頭長髮在頭上綁成一束。

「ＯＫ，弄好了。」

在髮型打理完畢之際，店門打開，榎田和馬丁內斯走進店裡。

「咦？」

身穿甚平的榎田看見林的打扮，不禁歪頭納悶。

「你怎麼穿成這樣？不是不穿女裝了嗎？」

「……沒辦法，男裝太沒看頭。」林嘟起嘴巴。

林下定決心不再穿女裝，剪短了頭髮，然而，最後還是變回這副模樣。才不過三天，他便按捺不住地穿上裙子。看來自己似乎喜歡穿女人的衣服，也喜歡梳妝打扮。他隨即又去接髮，把頭髮變回原本的長度。

「看吧？」一旁的馬丁內斯用鼻子哼了一聲。他穿著灰色浴衣，頭戴平頂帽。「我就說吧？他是出於興趣才穿女裝。」

「……好像是。」

他們到底在說什麼？林皺起眉頭。「幹嘛？你們對我的女裝有什麼意見？」

「好啦、好啦，做自己喜歡的打扮有啥關係？」坐在凳子上的馬場插嘴說道。他穿著黑色浴衣，頭髮難得梳理得整整齊齊，手上拿著圓扇，微微一笑。「再說，小林穿啥都好看。」

林聽了大為受用，露齒笑說：「就是說啊。」他從前過的是充滿束縛的人生，今後隨心所欲一點，又有何妨？

「重松大哥和齊藤老弟先去占位子了。源伯和佐伯說要處理完工作以後再去。」

「大和老弟呢？」

「他說他要工作。」

「牛郎的？」

「不，扒手的。他說他先去會場幹活了。」

「現在正是大賺一筆的好時機嘛。」

他八成正在煙火大會的人潮中大扒特扒吧。林想像這一幕，不禁噗哧一笑。

次郎牽著身穿粉紅色浴衣的美紗紀的手，走出店門說：「好，該走了，大家上車吧。」

馬場坐進旅行車時，突然開口說道：

「聽說今年的煙火比去年多了五百發呀。」

林在腦中描繪綻放於夜空中的煙火，滿心期待地瞇起眼睛。

GAME SET

後記

「沒問題、沒問題，已經是第三次了，我們都知道啦～」或許大家會這麼想，但為求慎重起見，還是聲明一下：本故事純屬虛構，與真實人物、團體、地名等毫無關係，敬請見諒。希望大家能夠將它當成是名為福岡的另一個世界的故事。

如此這般，這回有幸寫下第三集。大家應該也發現了，本作和前兩集有些關聯，各位讀者有空時，不妨從第一集重新回顧這個故事。

在截至目前的三集中，林的變化——學會過去做不到的事——一直是主題之一。他的成長能夠以自己滿意的形式告一段落，我覺得非常開心。本作就在我品嘗著撰寫續集的喜悅狀態下順利完成了。

出道至今，正好經過一年，我常在想，如果我也和林一樣有所成長就好了。這一年來，對我百般照顧的責編和田編輯及遠藤編輯，在此再次表達我真誠的謝意。今後也請兩位多多指教。

這次本作依然附上許多美麗的插畫。我和負責繪製插畫的一色箱老師是在同時期出道的，因為這個緣分，於公於私都受到不少關照。一色老師，謝謝您。

還有許多人士提供協助，在此向參與本書發行的所有人士致上最深的謝意。

此外，監修北九州腔的朋友N（北九州市出身），以及擔任棒球顧問的家父（業餘棒球資歷三十五年），謝謝您。

最後是拿起本作的各位讀者朋友。真的非常謝謝您購買，並花費寶貴的時間在拙作上。

我打從心底期待與您在下一集再相逢！

木崎ちあき

輕文學 Light Literature

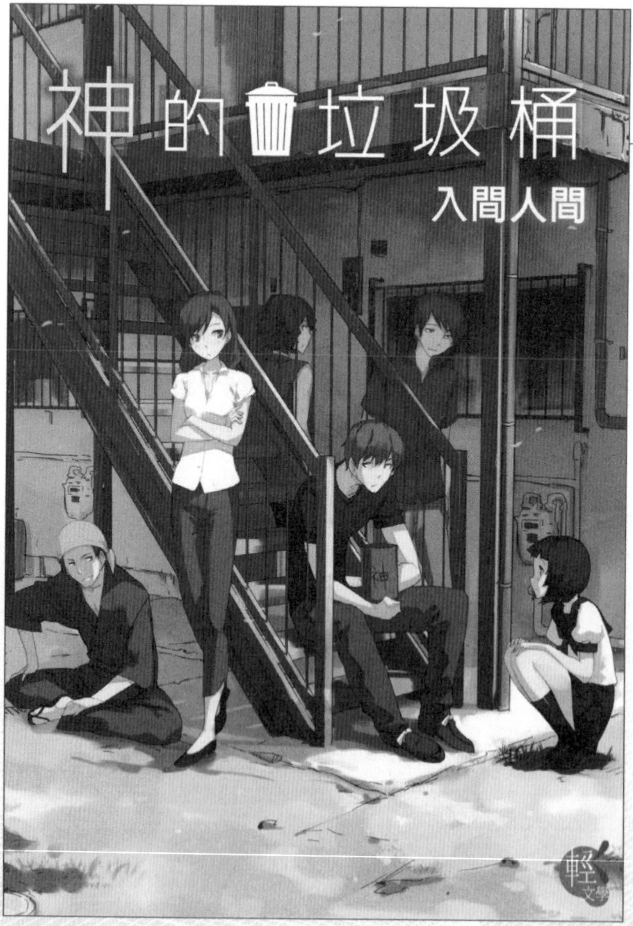

垃圾桶裡自動出現垃圾的那一天起，
我與「她」的互動就此展開——

神的垃圾桶

入間人間／著　林冠汾／譯

在學校附近租屋的大學生神喜助。因前女友將他的姓氏「神」寫在垃圾桶上，從此，他的垃圾桶竟成為「有魔法的傳送裝置」，不時送來公寓其他住戶不要的「垃圾」。某日，他在垃圾桶中發現一張紙，上頭寫著令人臉紅心跳的詩，卻疑似是自殺預告？而另一張女國中生想進行援交的紙條，也悄悄出現在垃圾桶中——

定價：NT$300/HK$90

輕文學 Light Literature

犧牲一個人的命就能拯救全人類，是多麼划算的事，

但，當那個人是你的摯愛時，你會如何選擇？

我的小規模自殺

入間人間／著　楊詠晴／譯

自稱是未來使者的雞，在我的餐桌上預言了她的命運。她三年後會死，為了拯救全人類……那隻用雞喙戳著桌子、咕咯咕咯吵死人的雞說著：「改變未來吧！」當接受這一切全都是真的之後，為了將受到病魔襲擊而死亡的她，我決定奉獻這三年的時間。而未來，真能如我所願嗎？

定價：NT$240/HK$75

國家圖書館出版品預行編目資料

博多豚骨拉麵團 / 木崎ちあき作；王靜怡譯. --
初版. -- 臺北市：臺灣角川, 2018.03-
　冊；　公分. --（角川輕.文學）

譯自：博多豚骨ラーメンズ
ISBN 978-957-564-115-3(第3冊：平裝)

861.57　　107000885

輕文學 Light Literature

博多豚骨拉麵團 3

原著名＊博多豚骨ラーメンズ 3

作　　者＊木崎ちあき
插　　畫＊一色 箱
譯　　者＊王靜怡

2018 年 3 月 22 日　初版第 1 刷發行
2018 年 4 月 23 日　初版第 2 刷發行

發 行 人＊成田聖
總　　監＊黃珮君
總 編 輯＊呂慧君
副 主 編＊溫佩蓉
美術設計＊吳佳昀
印　　務＊李明修（主任）、黎宇凡、潘尚琪

台灣角川

發 行 所＊台灣角川股份有限公司
地　　址＊105 台北市光復北路 11 巷 44 號 5 樓
電　　話＊（02）2747-2433
傳　　真＊（02）2747-2558
網　　址＊http://www.kadokawa.com.tw
劃撥帳戶＊台灣角川股份有限公司
劃撥帳號＊19487412
法律顧問＊寰瀛法律事務所
製　　版＊尚騰印刷事業有限公司
I S B N＊978-957-564-115-3

香港代理＊香港角川有限公司
地　　址＊香港新界葵涌興芳路 223 號新都會廣場第 2 座 17 樓 1701-02A 室
電　　話＊（852）3653-2888